theater book 001

ある日、ぼくらは夢の中で出会う

高橋いさを

論創社

ある日、ぼくらは夢の中で出会う◉目次

ある日、ぼくらは夢の中で出会う

登場人物

男１（カワハラ刑事部長／誘拐犯人カワハラ）
男２（カトウ刑事／誘拐犯人カトウ）
男３（ヤマモト刑事／誘拐犯人ヤマモト）
男４（ミウラ刑事／誘拐犯人ミウラ）

プロローグ

闇の中に一人の男の姿が浮かび上がる。

男2 ――その日ぼくは、とても新鮮な気持ちでひとつの門の前に立っていました。新しいものに触れる時、人は誰でも新鮮な気持ちをかみしめるものでしょう。何か言っても自分の言ったことばが白々と響き、何がホンモノで何がニセモノなのかわからないような時代ですが、ぼくは元気です。もうすぐ冬がきます。冬だからと言って「おからだを大切に」と話しかけることは、いささかオリジナリティに欠けることかもしれませんが、これが一番いいと思うのでやはりぼくはそう呼びかけます。おからだを大切に――。ぼくは元気です。

暗転。

1

しばらくしてから照明。
舞台中央に机がひとつ。その上に電話。
あとは椅子が四脚、適当な位置に。

男2　なぜに、なぜに我々刑事は、映画やテレビの主人公になりやすいのか？
私は考えました。
男1　ふうむ……。
男3　そう言われれば、確かに刑事ドラマっていうのは多い気がするなあ。
男4　有名な俳優はだいたい刑事の役をやってるね。
男2　ええ。代表的なところを挙げますと——
クリント・イーストウッドの『ダーティハリー』
ジーン・ハックマンの『フレンチ・コネクション』
スティーブ・マックィーンの『ブリット』

男4　ジョン・ウェインの『マックQ』
アラン・ドロンの『フリック・ストーリー』
ジャン＝ポール・ベルモンドの『恐怖に襲われた街』
ピーター・フォークの『刑事コロンボ』
アル・パシーノの『セルピコ』――とまあこんなところです。
男2　ほお、詳しいんだね。
男3　はあ。無類の映画好きでして。
男2　警察学校で刑事アクションの自主映画を撮ってたっていうのは……。
男3　ぼくです。
男1　やっぱりねえ。
男4　……。
男2　なぜなの？
男4　は？
男3　なぜ刑事は映画やテレビの主人公になりやすいんだい？
男2　そう、それをまだ聞いていなかった。
男1　ベテラン刑事のみなさんを前にして言うのもなんですが……。
男2　いいから言ってみたまえ。
はあ。一般的には「拳銃がブッ放せるからカッコイイ」というような理由が考えられますが、拳銃とか手錠とか、そういう類の理由はあくまで外面的なものにすぎません。要は、刑事という職業についてまわる危険、この危険、あるいは危機感という要素が、ドラマの材料として適しているからであると私は考えます。

男4　なるほどねえ。

男3　ま、そうかもしれんなあ。

男2　何ゆえ危険か？　それは言わずと知れたことですが、我々の仕事が犯罪者を追うことだからです。犯罪者というのは常に危険な存在です。犯罪者、すなわち追われる人間というのは応々にして精神的な錯乱が激しく、何をしでかすかわからない状態にある場合が多い。

男4　うんうん。

男2　何をしでかすかわからない人間を相手にしなければならない我々の職業には、当然、危険が伴います。危険とはすなわち死です。現に我々の送る毎日は、「死と隣りあわせの毎日」などと呼ばれたりもします。

男3　死と隣りあわせの毎日ねえ……。

男2　兇悪な犯罪者を前に悠長なことは言ってはいられません。一歩まちがえばこちらが殺られる。喰うか喰われるか、殺るか殺られるか、そこにあるのは弱肉強食の論理だけです。

男4　確かに刑事って職業は、少なくとも八百屋よりは危険な商売だよなあ。

男2　さらに、危険に直面した人間というのは時に臆病にもなるものです。危険に晒された状態というのは、人間の弱さを表現する上で絶好なシチュエーションでもあるわけです。「止まれ、止まらんと撃つぞお！」と叫びながらもその瞬間、刑事は前の晩、恋人に言われたことばを思い出す。
「殺人、強盗……あなたのお仕事はいつも危険がいっぱいで恐いことばかり。あなたのからだには血の匂いがしみついて離れない。野辺に咲く一輪のお花の美しさに心を奪われることのない日々……。小鳥のさえずりに耳を傾けることのない日々……。殺伐とした毎日の中で、あなたは少しずつやさしい気持ちを忘れていく。そんなあなたを見ているの、私、つらい」
しかし、刑事はピタリと犯人に銃口を定め、情容赦なく引き金を引く。ダキュン！　オレは……オレは刑事なんだ！　この相剋、この苦悩！　あはははは。

男1　……。

男3　……。

男4　……。

男2　こんなのもいいですね。麻薬シンジケートへGメンとして潜入するが、刑事であることが発覚！　抵抗むなしく麻薬をうたれ、完全な中毒者になってしまう。が、先輩刑事の必死の介抱の甲斐あってか、回復し、見事にシンジケートを壊滅する！　あはははは。こんなのもあります。大学時代、同じクラブの後輩だった男が殺人事件の容疑者として捜査線上に浮かびあがる。「あいつはそんなことする奴じゃありません！」「いいか、カトウ、公私を混同してはいかん。お前は刑事なんだ」厳しく詰めよる先輩刑事。「いいえ、私は何より刑事である前に一人の人間なんです」この生身の人間のぶつかりあい！　あははははは。しかも、ぶつかりあうのは人間だけではありません。車と車のぶつかりあい、カーチェイス！　「追え！」キィーッ、ズキュルキュルキュルキュル、地を蹴り、グワァーンアンアン、宙を舞うフェアレディZ！　坂の多いサンフランシスコを舞台にくりひろげられる手に汗にぎるサスペンス・アクション！

男1　あはははは……。

男2　ゴホン……。

男1　あ。これはどうも。ショッパナからとんだところを。つい調子にのりまして。

男2　カトウ君……だったね。

男1　はい。

男2　君はそんな夢を刑事生活に託しているわけだ。

男1　夢というのもなんですが……。

男2　君たち若い刑事は、どうしてそういう発想しかできんのかなあ。

男2　そういう発想とはどういう発想ですか？

男1　刑事がなぜ映画やテレビで多く取り扱われるかという説明はまだしも、何なんだ、君の思い描いている刑事生活は。まるでテレビの中の事件、ドラマの中の刑事像と同じじゃないか。

男2　何分、テレビの刑事ドラマを見て育ったものですから。

男1　現実はそんなに甘くないよ。

男2　それはもう……。

男1　ま、君のような若い刑事にテレビの刑事ドラマに影響されるな、という方が無理なことかもしれんが。

男4　しかし、近頃の若い刑事は刑事もののドラマなんか見て、それで「オレもあんな風にカッコイイ刑事になりたいなあ」なんて思うんだろうなあ。そうなんだろう？

男2　それがすべてだとは思いませんが、やはり影響は否めません。

男3　影響されるのはかまわんが、本末を転倒してもらっちゃあ困るなあ。現実はテレビとはちがうんだよ。

男2　もちろんそれはわかっているつもりです。

男1　わかっているつもり……か。

男2　いえ、今後の捜査を通してわかっていくだろうと……。

男4　いいか、ホンモノの刑事は我々なんだ。あくまでホンモノの刑事としてのオリ男2　ジナリティを大切にせにゃいかん。フィクションの真似をして何が刑事だ。
男1　はあ……。
男2　例えば、だ。ミーハーな女子大生なんかに「やっぱりテレビみたいな事件が実際に起こるんですか？」などと質問されたら、「ははは」と笑って「あんなに甘くはおまへん」
男1　なぜ関西弁なんですか？
男2　この方が何かこう冷徹な職業人ってかんじがするだろう。で、こう続ける。「テレビなんかだと水死体もきれいなもんですが、実際の水死体はあんなもんやおまへん」
男1　実際の水死体はあんなにきれいなものじゃなく、もっと汚ないものであるってことを説明してやるんですか？
男2　それでは余りに芸がない。そこでこう言ってやる。「実際の水死体は指でつつくと笑います」
男1　それじゃメチャクチャじゃないですか。
男3　ホンモノの刑事としての面目を保つためには、多少の誇張はやむをえない。
男2　ホンモノの刑事は足で歩きません。手で歩きます。
男4　そんな馬鹿な。
　　ホンモノの刑事はゴハンを食べません。麦を食べます。

男2　ゴハン食べますよ。
男1　ホンモノの刑事の血は赤くありません。緑色です。
男2　それじゃ化物だ。
男4　要は、我々がホンモノであるためのオリジナリティの問題なんだ。ホンモノはやはりニセモノとのちがいを明確にしておかなくてはいかん。
男3　ホンモノの刑事は空を飛べます。
男2　そこまでいくと現実の方がよっぽどフィクションめいてきますよ。
男1　フィクションめいているじゃないか、昨今の新聞を賑わすもろもろの犯罪は。
男2　……しかし、しかしです。犯罪というのは我々刑事が作り出すものではなく、犯罪者によって作られるものじゃないですか。いくら我々がガンバッテみても、事件は常に犯罪者がいてはじめて成立するんですし。
男1　犯罪者がいないのなら、自分で犯罪を犯してでも刑事としての面目を保とうというのが、我々ホンモノのあり方なんだよ。
男2　そんな。
男3　テレビの刑事さんはそんなことしないって言いたいんだろう。
男2　……。
男4　要は気概の問題だ。テレビなんかの刑事に負けていられるか――この心意気なんだ。

男2　しかし、ホンモノの刑事は犯罪を犯してでも云々というのはどうもちょっと……。

男1　だからそれくらいの気概を持って捜査に励んでほしいということなんだ。現実はテレビとはちがうんだ。そのうち君にもわかると思うが。

男2　はあ。

男1　あ、そうそう。紹介が遅れてしまったな。彼がヤマモト刑事。柔道五段だ。

男2　よろしくお願いします。

男1　彼がミウラ刑事、書道五段だ。

男2　よろしくお願いします。

男1　そして、私がカワハラ刑事部長だ。

男2　は。新米なもので何かとお世話になると思いますが、何分よろしくお願いします。

男1　ま、そこへ掛けたまえ。

男2　は。

間。

男2　あの……。

男3　何だね？
男2　事件は？
男3　事件？
男2　事件はないんでしょうか？
男3　ないよ。
男2　そうですか……。

間。

男2　あの……。
男3　何？
男2　私は何をすればいいんでしょうか？
男3　何をって？
男2　私の仕事は？
男3　刑事の仕事は犯人を追うことに決ってるだろう。
男2　いえ、ですから、私の今すべき仕事は？
男3　事件のない時は……。
男2　は。

男3　ボケッとしていればいい。
男2　……。
男3　テレビの刑事とはちがって、我々は報告書を書くとか前科者のリストに目を通すなんてことは滅多にしない。事件のない時は、ただひたすら事件のおこるのを待つ。
男2　はあ……。

間。
かなり長い。

男2　あの……。
男3　何？
男2　間が持ちません。
男3　考えごとでもしてりゃあいいじゃないか。今日のオカズは何かなあ。夕メシは何にしようかなあ。昼はラーメンだったから夜はゴハンを食べたいなあ。そういうことを考えてれば時間などすぐに経つ。
男2　胸ときめかせてこの捜査課のドアをあけた私の身にもなってください。それじゃあまりにむなしいじゃないですか。

男3　何がむなしいの？
男2　やっと辞令が出て、刑事になりたての私に、ラーメンだのゴハンだのそんなくだらないことを考えていろとおっしゃるのは余りに酷です。
男4　すると君は何かい、刑事というのはテレビみたいに常に事件に追いまわされ、今日は殺人明日は強盗とばかりに全国をとびまわっていなきゃいけないとでも言うのかい？
男2　いえ、別にそういうことじゃ……。
男3　それとも、君の待っている事件っていうのはいつも毎週金曜日の夜八時から始まるってわけかな？
男4　しかも事件は常に一時間で完結する。
男2　……。
男1　まあまあ、そういじめるな。あ、そうそう。あれをやってもらおうかな。あれならいい時間つぶしになる。
男2　は。何でしょうか？
男1　そこに番傘があるからそれに紙をはっておいてくれたまえ。
男2　……。
男1　何だ？　嫌か、傘はりは？
男2　……。

男3　部長、ハナッから傘はりはちょっと。
男1　まずいか？
男3　ええ。あれでなかなかむずかしいですし、失敗されたりすると困ります。
男4　ペーパーフラワーの方ならいいんじゃないでしょうか？
男1　そうか。（男2に）ペーパーフラワーを作ったことはあるかね？
男2　いいえ……。
男1　そうか。じゃあ教えてやるからペーパーフラワーを作ってもらおう。あれは一本作ると……。
男4　二円五十銭です。
男1　二円五十銭になる。いや二円五十銭だからと言って馬鹿にしてはいかんよ。これでなかなかいいアルバイトになる。塵もつもれば山となる――このことわざを知ってるかね？
男2　はい……知ってます。
男1　そうか。ならいいんだ。怪《け》げんそうな顔しているから知らないのかと思ってびっくりしたぞ。（ペーパーフラワーを探している）ま、そんなことはどうでもいいが……。ええと……ペーパーフラワーはどこだっけなあ。
男4　ひき出しにありませんか？
男1　ん……ああ、ないぞ。

男4　そんなはずありませんよ。
男1　だってないぞ、ホントに……。
男4　そんなはず……あれえ、おかしいなあ。
男4　そんなはず……あれえ……おかしいなあ。
男3　（男2に）ちょっと待っててくれよ。今すぐ見つかると思うから。ないのか？
男1　管理責任者は君だぞ。困るじゃないか、こういうことじゃ。
男4　はあ。申しわけありません。
男3　捜査二課の連中が持ち出したのかもしれんなあ。あいつらアルバイトほしがってたから。
男2　部長、私は一見機敏そうに見えますが、これで案外にぶいところがあります。ですからこれがみなさんの冗談なのかどうかがわかりません。たぶん冗談だと思うんですが、もしそうだとしたら笑う機会をのがしました。どうもすみません。
男1　何だ？　傘はりのことか？　あれならいいんだ。
男2　いえ、ちがいます。
男1　何だ？　ペーパーフラワーも嫌か？
男2　いえ、そういうことじゃなくてですね……。
男1　わからないのなら教えてやるって言ったろう。

男2　冗談をおっしゃっているのでは？
男1　冗談？　何が冗談なんだ？
男2　ええ……ですからこれです、ペーパーフラワーですか？
男3　冗談じゃないよ。ちょくちょくやるんだよ、我々は。
男2　ペーパーフラワーをですか？
男3　ああ。
男2　……。
男3　おかしいか、刑事がペーパーフラワー作っちゃ。
男2　いえ……。
男1　ならいいじゃないか。やってみたまえ。……と言ってもないんじゃ仕方ないが。
男4　ありました。
男1　お、そうか。
男3　やっぱりロッカーへ移したんじゃないか。
男4　ああ。（男2に）ほら、これだ。こっちへ来なさい。
男2　はあ……。
男4　まあ、ここに座って。……立ったまま作れるほどペーパーフラワーは甘くないよ。

男3　ペーパーフラワーを作らせるとミウラ刑事の右に出るものはいないってくらい巧いんだよ、彼は。よおく教えてもらいなさい。
男2　……。
男4　さ、まずこの箱を持って。コホン。ペーパーフラワーは技術で作れると思いがちだが、それがいけない。いいペーパーフラワーは決して技術だけで作れるものではない。では何で作るか――わかるかな？
男2　いえ……わかりません。
男4　心だ。いいペーパーフラワーを作るには作る人間の心が何より大切なんだ。いいペーパーフラワーを作りたい、いいペーパーフラワーを作ってやろう、そういう心構えがいいペーパーフラワーを作る上での鉄則だ。
男2　……。
男4　そこには収入がどうの、報酬がどうのといった金銭に関する邪心はみじんもあってはならない。結果的に金銭は入ってくるだけであって、ペーパーフラワーに向う姿勢は常に純粋でなければならない。
男2　部長……。

電話が鳴る。
男1が出る。

男1　はい、捜査課。……うん……何?　……うん……それで……で、場所は?
男3　……わかった。すぐそちらへ向う。(切る)
男1　事件ですか?
男4　ああ。
男1　で?
男2　小学生の女の子が誘拐された。
男1　……。
男2　初仕事だな。
男1　は。
　行くぞ。

暗転。

2

照明が入ると男1、男3、男4。
全員、ツナギを着ている。

男1　おとなしくしてるじゃねえか。（口髭をつけている）
男3　そうですね。（眼鏡をかけている）
男4　なかなかかわいい子ですねえ。（帽子をかぶっている）
男1　そうか？
男3　何歳って言いましたっけ？
男1　ええと、小学生だから……あれ？　何年生なんだ、あの娘《こ》。
男4　五組ってバッジに書いてありましたけど。
男1　五年生か……。
男3　いや五年生じゃないですよ。
男1　だってミウラがそう……。

男4　いえ、五組って言ったんですよ。何年かはわかりません。
男1　何だ、そうか。
男3　バッジの色は青だったよな?
男4　いや、緑じゃなかったか?
男1　何が緑なんだ?
男3　バッジの色ですよ。その色で学年が決まってるんじゃないかなって。例えば赤いバッジは一年生とか。
男1　緑は何年生なんだ?
男3　さあ、何年生でしょうねえ。
男1　わからねえのに青だ緑だ言っても仕方ねえじゃねえか。
男3　それもそうか。

ドアをノックする音。
男4、ドアに近づく。

男4　誰だ?
男2の声　オレです。カトウです。

男2、登場。

男4　遅かったじゃねえか。
男2　いやあ、参った参った。いえね、この先のスーパーがちょうど交番の前にあるんですよ。買いものがすんで帰ろうとしたら、警官の目の前でオナラしちゃって。あはははは。
男3　警官の前でオナラするとそんなに楽しいか？
男2　楽しい楽しい。スリルがあってもうゾクゾクしちゃいますよ。
男4　何でゾクゾクするんだ？
男2　相手は警官ですよ。ゾクゾクするじゃないですか。警官の前でプッですよ、プッ。そしたらギロッてにらまれちゃって。でもまさかあの警官も目の前でオナラしてたオレが誘拐犯人の一味だとは気がつかなかったでしょうね。
男4　あたり前だよ。
男3　で、何を買ってきたんだ？
男2　カップヌードルです。ホントはもっと精のつくもの買ってこようと思ったんですけど何もなくて。あ、女の子の様子どうですか？　変わりありません？
男3　ああ。
男2　そうですか。そりゃよかった。

男1　何かお前、妙に楽しそうじゃねえか。
男2　いえ、別に……。
男1　……。
男2　はは。ただ、オレ、こういうのってはじめてのことだから何かワクワクしちゃって。
男1　へっ。
男2　だってそうでしょう？　子供を誘拐《さら》って身代金を要求《と》ろうなんてまるでテレビみたいで。
男1　テレビみたい？
男2　え…ええ。よくあるじゃないですか、刑事もののドラマなんか見ると。あ、二三日前もサンデー・ミステリー・アワーで、そのものズバリ『誘拐』っていう二時間ものをやってましたよ。見ましたか？
男1　いいや。
男2　オレ、見たんです。
男1　そうか。よかったな。
男2　どういうハナシか知りたいですか？
男1　……。
男4　どんなハナシなんだ？

男2　そのドラマの主人公は、父親を破滅に追いこんだある男に復讐するためにその男の一人娘を誘拐するんです。監禁した娘。彼女をボンヤリと見つめる主人公。もともと憎いのはこの子の父親であって、この娘ではない。「メシだ」とブッキラボウに子供に食事を差し出しながらも、いつしか「タクワン二切《ふたきれ》、つけといたぜ」やさしさに目ざめていく主人公。

男3　勝手に目ざめてくりゃあいいじゃねえか。女の子もそこにいるしよ。

男2　いや、目ざめるにはまだ早い。

男4　何お前、もしかしてホントに目ざめようとしてるの？

男2　いえ。でも折あらば目ざめてみようかな……なんてね。はははは。

男1　近頃の若い奴ってのはどうしてこうなのかなあ。

男2　へ？

男1　お前はやさしさに目ざめたくってこのハナシにのったのか？

男2　いえ……別に。

男1　いいか、感ちがいするんじゃねえぞ。テレビの誘拐犯人がいてオレたちがいるんじゃねえんだ。現実のオレたちがいて、はじめてテレビの中の犯人がいるんだ。そこんところがわかってんのか？

男2　わかってますよ。

男1　そのわりには、妙に意識してるじゃねえか。

男2　何をですか？
男1　テレビの中の犯人像をよ。
男2　……そうですか？
男1　現実はあんなに甘いもんじゃねえぞ。
男2　はあ。
男1　考えてもみろよ。オレたちは現場の人間なんだ。現場の人間であるオレたちが、何でテレビなんかの真似をしなきゃいけねえんだ？　おかしいだろうが。
男2　そりゃそうかもしれませんが、いざ誘拐って段で一番で参考になったのはテレビドラマの誘拐犯人の手口だったじゃないですか。
男4　おいおい、妙なこと言うなよ。それはお前だけのことだろう？　オレたちはこれっぽっちも参考になんかしてねえよ。なあ。
男3　ああ。
男2　しましたよ。
男4　ほらこれだよ。してねえって言ってるだろう。
男2　はは。しました。
男4　テメエ、してねえって言ってんのがわかんねえのか。
男2　……。
男3　結果的には参考にしたように見えるかもしれねえが、オレたちが自力で考えたらたまたまテレビの誘拐犯の手口に似てたってだけよ。

男2 まあ、参考にしようと参考にしまいと、そんなことどっちでもいいですけどね。

男1 そういう姿勢で犯罪に取り組んで、いい誘拐ができると思ってんのか？

男2 いい誘拐って……。

男1 テレビの誘拐犯なんか真似してたら、金輪際クリエイティブな犯罪なんか生まれっこない。

男2 いえ、誤解しないでくださいよ。オレは何もテレビの真似をしようって言ってるんじゃなくて、何て言うか……どうせやるなら何するにしろカッコイイ方がいいんじゃないかって。

男4 カッコイイじゃねえかよ。何のためにおそろいのツナギそろえてキメてると思ってんだよ。

男2 カッコイイですか、これ？

男4 何だと？　テメエ、オレがそろえたこのツナギを……。

男1 少なくとも独創性はある。わざわざ同じユニフォームを作って子供を誘拐するなんてのは、テレビなんかじゃちょっとお目にかかれないぜ。

男3 そうそう。その上、同じユニフォームを着てるから連帯感も生まれやすい。

男2 ……。

男1 ま、ともかくお前もオレたちの仲間に加わった以上、テレビがどうのこうの言ってねえで、常に自分は現場の人間なんだっていう誇りを持つことだ。

男2　ええ……。

男1　ま、そのうちお前にもわかると思うが……。おい、湯だ。湯をわかしてこい。

男4　へい。（去る）

男1　腹減ったな。

男3　そう言やあ今日は朝からロクなもん食べてませんでしたからね。

男1　これ（カップヌードル）もロクなもんじゃねえけどな。

男2、カップヌードルを並べる。

男1　あれ？　なんで五つあるんだ？

男2　ひとつは子供の分です。

男1　ほう、気がつくね。

男3　誘拐犯人にしておくには惜しい人材だ。

男2　あの娘だって人間です。腹が減るのはオレたちと同じです。

男1　へへ。しかし、何だね。はじめて犯罪を犯す時っていうのは、ドキドキワクワク、警官の前で屁をしただけでも楽しくなっちまうもんかね。

男3　はじめは誰でもそういうもんじゃないんですか。オレなんかもはじめはやっぱりそうでしたもの。

男2　ヤマモトさんがはじめてやった犯罪って何だったんですか？

男3　へへ。ビー玉の密売をね。

男2　ビー玉の密売？

男3　ああ。あん時は鬼のようなチビに追いまわされて参ったよ。

男2　チビ？

男1　ヤマ、こいつはこの道に入って日が浅いから、まだそういう特殊な用語に対応できねえんだよ。

男3　あ、そうか。

男2　ビー玉ってのはこの世界じゃ何の俗語なんですか？

男3　ふふ。ビー玉ってのはな、拳銃のことなんだ。

男2　拳銃？

男3　そう。初めて知ったろ。

男2　ええ……でも……。

男3　でも何なんだ？

男2　拳銃のことはふつうハジキって言わないですか？

男3　はははは。

男1　ま、こいつはこの世界のことを何も知らねえんだから仕方ねえよ。

男3　それもそうか。はははは。
男2　拳銃はハジキと言うはずです。
男3　だからちがうんだよ。
男2　拳銃はハジキです。
男3　だからホントはビー玉って言うんだよ。
男2　拳銃はハジキです。
男3　ビー玉なんだよ。
男2　ハジキです！
男3　ビー玉だって言ってんだろう！
男2　ハジキだ！
男1　何を根拠にお前はそう言いはってるんだ？
男2　何をって……。
男1　どうせまたテレビの中の犯罪者が、拳銃のことをそう呼んでたからその真似をしてるだけなんだろう？
男2　……。
男1　オレたち本職が、拳銃のことをビー玉って呼んでるんだから、こっちのがホントの呼び方に決まってるだろうが。

男4、戻る。
手にヤカン。

男4　お湯がわいたぜ。（男2を見て）どうしたんだ、泣きそうな顔して。
男2　じゃあチビってのは？
男3　当ててみろよ。わかるだろう？
男2　チビ……？
男1　ヒントは、「鬼のような」という修辞句がついていることだ。
男2　鬼のようなチビ……？
男3　「そいつに追いかけられた」ってのもヒントになるな。
男2　鬼のようなチビに追いかけられた……？
男4　チビがどうしたのか？（カップヌードルに湯を注いでいる）
男3　こいつにこの世界の特殊用語を教えてやってるんだ。チビも知らねえらしいんだよ。
男2　鬼のような……。
男4　チビも知らねえでよく犯罪者が勤まるな。
男2　あーん。意地悪しないで教えてくださいよ。
男4　へへ。チビってのはな、刑事のことさ。

男2　刑事？
男4　ああ。
男2　刑事のことはふつうデカって呼ばれて……。
男1　テレビなんかだと確かにそう呼ばれてるみたいだなあ。
男2　そんな……でもそうなんですか？
男4　お前に嘘を教えて何になるんだ？
男2　じゃあ、ええと……ガンをつけるなんて言いますよね。眼をつけること。
男3　それはホントは「胃潰瘍をつける」って言うんだ。
男2　……ちょっと苦しいですね。
男1　苦しいとか苦しくないとかそういう問題じゃねえだろうが。オレたちホンモノの犯罪者がそうだって言ってんだから、お前はそれを信じればいい。
男2　ワッパは？
男1　カッパ。
男2　ホシ。
男3　ツキ。
男2　サツ。
男4　マイモ。
男2　「サツ」のことは「マイモ」って言うんですか？

男4　ああ。
男2　コロシ。
男3　メンタイコ。
男2　アリバイ。
男1　と四十人の盗賊。
男2　嘘だあ。シャブ。
男3　シャブ。
男2　シャブはシャブって言うんですか？
男3　ああ。
男2　なぜですか。
男3　なぜって……シャブシャブって二回連続した方が面白いからさ。
男2　なあんだ。結局、面白いからふざけてただけなのかあ。
男1　ちがうよ。ホントにそう呼ぶんだ。
男2　信じられませんよ。そりゃ、ワッパ—カッパ、ホシ—ツキくらいはまだかわいいもんですよ。サツ—マイモとコロシ—メンタイコも両方好物ですから目をつぶりましょう。でもアリバイと四十人の盗賊は許せない。
男1　お前が許そうと許すまいとそうなんだから仕方ないだろう。
男2　それにしたって……。

男4　所変われば品変わる——テレビと現実はちがうってことさ。
男3　ま、結局、お前がオレたちを信じるか信じないか、それだけのことだが。
男2　でも……。
男1　しかし、少しは慣れるようにしなきゃな。結局、困るのはお前自身なんだからよ。マイモに追いつめられて、カッパでもかけられそうになった時なんかに、オレが「ビー玉だ。ビー玉で応戦しろ」って言っても何のことかわからねえでヘラヘラしてたんじゃ話しにならねえからよ。
男3　そうそう。マイモが警察手帳見せて「あなた夕べどこにいました？　いえ、あなたにメンタイコの容疑がかかってましてね。と四十人の盗賊があなたにあるかどうか確認したいんですよ」これに対応できねえとお前、恥かくぞ。
男2　……。
男4　街歩いてて、オレたちの方をじっと見てる奴がいる。そういう時は？
男2　「あ、あいつ、オレたちに胃潰瘍つけてますよ」……。
男4　そう。それでいいんだ。
男3　すぐにすべてを覚えろとは言わないから、少しづつ、な。
男1　もういいんじゃねえか？（カップヌードルのことである）
男3　ハシか何かもらってきたか？
男2　ええ。その袋の中に……。

男3　ああ。あったあった。
男4　そのうち慣れるからそんなに気にするな。こういうことは自然に身についていくもんだからよ。
男2　はあ。
男4　ひとつ多いんじゃねえか、これ？
男3　女の子の分なんだってよ。
男4　あ、そうか。

男2、カップヌードルとヤカンをもって「娘のいる部屋」の方へ行く。

男1　何しに行くんだ？
男2　女の子にこれをあげようと思って。
男1　そうか。オレはまたやさしさに目ざめに行くのかと思ったぜ。

男1、男3、男4、笑う。
男2、キッと彼らを見返して去る。
暗転。
闇の中から麺をすする音だけが継続的に聞こえる。

3

照明が入ると男1、男3、男4。ただし刑事としてである。
三人はしばらくカップヌードルを食べることに熱中する。
男2、血相を変えてとびこんでくる。

男2　大変です!

三人、びっくりして鼻から麺を吹き出す。

男4　びびびっくりするじゃないか!
男3　食事中だぞ!
男2　すみません。しかし一大事です。
男1　何をそんなにあわててるんだ?
男2　は。たった今、通報直後現場にかけつけたコジマ巡査に聞いたのですが……。

男1　誘拐されたクミコちゃんの父親である東洋貿易専務・遠山茂氏は、昨夜帰宅する途中に交通事故で死亡。夫の突然の死――そこへ娘のクミコちゃんを誘拐したという犯人からの電話。たび重なる不幸のショックのためか、奥さんは半狂乱で警察へ通報後、実際に発狂。大学病院送り――というハナシのことかね？

男2　どうしてそれを？

男1　そんなことはどうでもいい。で、あわててるというわけか？

男2　あわててるわけかって……これがあわてずにいられますか⁉

男1　まあ落ち着きたまえ。

男2　しかし……！

男1　これだよ。これが現実なんだよ。

男2　しかし、そんなことが実際にあり得るんですか⁉

男3　あり得てるじゃないか、現にこうして。

男4　しかし、この家族もなかなかイキなことをしますなあ。

男2　イキだなんて不謹慎な。

男3　これぞ現実の勝利。フィクションじゃちょっと真似できない芸当ですよ。

男2　現実の勝利じゃないですよ。犯人からいつ身代金要求の電話がかかってくるかわからないこんな状態の時に、よくカップヌードルなんか食べてられますね！

男1　まあ落ち着きたまえ。腹が減っては戦はできん。

男2　しかしですねえ……。
男1　テレビドラマの刑事にあこがれて育った君にしてみれば、こんな時あわてるのも無理のないことだとは思うが。
男2　テレビドラマとは関係ないでしょう。
男1　いや大ありなんだ。テレビドラマの刑事はすぐにあわててみせる。何か事件が起こると決まってあわてる。
男2　事件が起これば刑事だって多少はあわてるものでしょう。
男1　それが大きなまちがい。テレビの刑事はあわてるが、ホンモノの刑事はあわてない。
男2　それは「場慣れしているから」という意味でしょうか？
男1　君はとことんテレビドラマに毒されているようだな。
男2　どういうことですか？
男1　君の中にある刑事像っていうのは、すべてテレビや映画の刑事像と同じなんじゃないか？
男2　私だって馬鹿じゃありません。あんなにカッコイイものではないだろうくらいの予測はしています。
男1　ちがうんだ。ホンモノの刑事はドラマなんかよりずっとカッコイイんだ。
男2　……。

男1　いや、カッコイイというよりバイタリティにあふれていると言った方がいいだろう。なんたって現実の刑事は生《なま》ものだからね。

男2　……。

男1　テレビドラマの刑事のことを風の噂に聞くことがあるが、最近、奴らは戦車まで出すそうだね。

男2　ええ、出てくる時もあります。

男1　戦車など出して何が面白いんだろうねえ。第一、野蛮じゃないか。そうは思わんかね。

男2　おことばですが、部長、そんなことはどうでもいいじゃないですか。我々の今しなければならないのは……。

男1　そう思わないか？

男2　……戦車ですか？

男1　そう、戦車だ。

男2　戦車は……いいですね。

男1　ほう、戦車が好きか。

男2　ええ。

男1　私は嫌いだ。しかし、そうそう奴らにひけをとってもいられんからねえ。

男2　部長。

男1　そこで私は最近手品を習いはじめた。
男2　……。
男1　なぜだかわかるか？
男2　……いえ。
男1　テレビの刑事が戦車を出すと知った時、私は鳩を出すことを決心したんだ。バタバタバタバタバタ……。
男2　何かよくわかりません。
男1　捜査二課のサトウ係長は最近ついに鳩を出せるようになったと聞いた。私も負けていられないよ。
男2　……。
男1　しかし、上には上があるもんだ。鑑識のワタナベ主任なんかもっとすごいぞ。彼はな、特殊な魔術によって死者を蘇らせることができる。つい先日もオートバイの事故で死んだ十六歳の少年を生き返らすことに成功してな、少年のお母さんが泣いて喜んどったよ。さらに、交通課のシマダ婦警。彼女なんか駐車違反の車をレッカー車なしで……。
男3　部長、お茶が入りました。
男1　うむ。
男4　部長、ケーキがありました。

男1　うむ。

男2　あなた方は一体何をやってるんですか⁉　誘拐された子供の家《うち》へきて、勝手にお茶とかケーキとか出して。

男1　またまた、君にはホント苦労するなあ。

男3　カトウ君、だったね。

男2　はい。

男3　君は何か、刑事というのはお茶も飲まなければケーキも食べないって言いたいのかい？

男2　いや、刑事だって人間ですからケーキも食べればお茶も飲みます。しかし、時と場所を考えてください。今、我々のしなければならないのは、誘拐されたクミコちゃんの救出、及び犯人逮捕でしょう。それをさしおいてケーキも何もあったもんじゃないでしょうが！

男4　あ、今気がついたけどケーキと刑事って似てるね。

男1、男3、男4、笑う。

男2　あなた方はまちがっている。職務怠慢もはなはだしい。

男1　かけ出しのお前に何がわかる！

男2　……。
男1　と怒鳴ってはしまったが、まあカトウ君、君もどうだね。このケーキ、なかなかいけるよ。
男2　結構です。
男3　いいじゃないか、四つあるんだよ。ほら。
男4　そうだよ。君が食べないとひとつ余っちゃうじゃないか。
男3　さあ、いただきなさい。意地なんかはらずに。
男2　意地なんかはってません。ただ、私は他人《ひと》様のものに無断で手をつけるような真似はしたくないだけです。
男4　部長、口もとにチョコレートが……。
男1　お、そうか。（口許に手を当てる）
男4　逆です。
男1　とれたか？
男4　あと少し……あ、今すべてとれました。
男2　部長、もういい加減にしてください。犯人から電話がかかってくるんですよ。
男1　わかってるよ、そんなこと。
男2　わかっててなんでケーキなんか食べてるんですか⁉
男1　もう食べ終ったよ。

男2　……冗談はよしてください。
男1　何が言いたいんだ、君は。
男2　準備ができてないじゃないですか、まだ何にも。
男1　何を準備するんだ？
男2　何をって……逆探知ですよ、逆探知！　決まってるでしょう。
男1　ギャクタンチ？
男2　そうですよ。電話にとりつけなくていいんですか？

男1、男3、男4、爆笑する。

男2　何が、何がおかしいんですか⁉
男1　逆探知なんてものはそもそも存在しないんだ。
男2　何ですって？
男3　逆探知なんていうのはテレビの中だけのハナシで、実際にはあんな便利なものはないってことさ。
男2　そんな馬鹿な。
男4　あれはね、テレビドラマの製作者たちが勝手に作り出した役に立たないオモチャなんだよ。ホントにあんなものがあると思ったか？

男2　そんな……。
男1　いや驚くのも当然だよ。たいていの人は逆探知なるものがこの世に存在してると思ってるものなあ。
男4　それもそうですね。
男3　いやあ、すまんすまん。しかし、そういうことなんだ。
男2　嘘だ。また冗談言ってぼくをかつごうとしてるんだ。
男4　いやホント、ホントなんだよ。はははは。
男1　ミウラ刑事も今でこそ笑っているが、ここへ入りたてのころは君と同じにひどくうろたえたもんだよ。なあ、ヤマさん。
男3　そうそう。
男4　いやあ、部長、それはもういいじゃないですか。昔のことですよ。
男2　……ホントなんですか？　……信じられない。……でもそうなんですか？
男4　君に嘘をついて何になるの。
男2　嘘だ、そんなことってあるか。……でもそうなんですか？

男3、男4、大きく首肯く。

男2　ホントに？

男1、大きく首肯く。
間。

男2　あは、あは、あは……あははははは。

四人で笑う。

男2　なあんだ、そうだったのか。いやあ、参ったなあ。オレ、今までホントに逆探知ってあるのかと思ってたけど、なあんだ、ないんだ、ホントは……もう……やだなあ。いやあ、やっぱりぼくなんかまだまだですね。いい勉強になりました。
男1　うんうん。さ、気分が和んだところで、どうだね、ケーキ？
男2　は？
男1　「は」じゃないよ。ケーキだよ、ケーキ食べないのかい？
男2　いや……逆探知のことは知りませんでしたが、犯人から電話がかかってきたら一体どうするんですか？
男1　食べないのかね、これは？

男2　え、どうするんですか？
男1　どうするって……捨てるのももったいないしなあ。ヤマさん、どうだい？
男3　はあ。いただきます。（男2に）食べるよ。
男2　何を言っているんですか⁉　部長、ぼくの質問に答えてください。
男1　何をそう興奮してるんだ？
男2　犯人から電話がかかってくるんですよ。
男1　そうだな。
男2　そうだなって……どうするんですか、電話がかかってきたら？
男1　電話がかかってくれば、そりゃ誰か出なくちゃならんだろうなあ。
男2　クミコちゃんのお父さんもお母さんもいないのに一体誰が出るんですか？
男4　オレが出るんだ。オレがクミコの父親、遠山茂だ。
男3　妻、ヨシコ、三十六歳。
男2　あなたたちが？　しかし……。
男1　しかしもへったくれもねえだろう。クミコちゃんの家族がいない以上、他の誰かがその代わりをやるしかないだろう。何より本人たちがノッテルことだし。
男3　うふん。馬鹿。
男2　しかしですね……。
男1　君は何か私たちのことを誤解してるんじゃないのかなあ。テレビドラマの刑事とちがうからって偏見持って、我々が何かメチャメチャなことばかりやってるように見えるのかもしれんが、我々のとっている処置はこの上もなく合理的なことだろう。合理的というよりこれ以外の方法は今のところ考えられない。

男2　はあ……そう言われれば、そうですね。

男1　わかってもらえればそれでいい。

電話が鳴る。

男2　犯人からです！　犯人から電話がかかってきました！

男1　あわてるな。ヤマさん、どう思う？

男3　はあ。（ベルの音を聞いて）これはちがいます。

男1　ミウラは？

男4　ちがうと思います。

男2　ちがうって何がちがうんですか！

男1　これは犯人からの電話じゃない。ただのまちがい電話だよ。

男2　どうしてそんなことがわかるんですか⁉

男3　音さ。鳴り方でわかる。

男2　そんな馬鹿な。
男4　じゃあ受話器を取ってみろ。
男2　嫌です！　だいたい、今、遠山さんの役はあなたがやるって言ったばかりじゃないですか！
男4　いいから出てみろ。（受話器を取って男2へ無理矢理おしつける）
男2　わあ！　嫌です。ぼくは知りません。助けてください。部長！
男1　何をギャアギャアわめいとるんだ。君も男だろう。だまされたと思って出てみたまえ。
男2　……もしもし……へ？　……ちがいます。（切る）ホントだ……まちがい電話だった。
男4　言った通りだろう。
男2　しかし、なぜ……？
男3　刑事も長いことやってると、電話の鳴り方ひとつで犯人からかそうでないかくらいのことはわかるようになるものさ。
男2　犯人の電話はどう鳴るんですか？
男3　まあ、これはことばでは説明しにくいんだが。（男4に）どんなもんかね。
男4　うむ。強いて初心者向きに説明するなら、音の気迫とでも言ったらいいのかなあ。

男2　音の気迫？

男4　ああ。犯人からかかってくる電話のベルの音は、普通の人と微妙に発信音がちがうんだ。

男2　どうちがうんですか？

男4　普通の人のかけてくる電話は、何と言うか、リーン、リーンと鳴るが、犯罪者のかけてくる電話は、リーン、リーンと鳴るんだ。

男2　ホントなんですか!?

男4　さっきも言ったろう。君に嘘をついて何になるの。

男3　ま、この見分け方がからだでつかめるようになるのに……そうさなあ、少なくとも三年はかかるかなあ。

男4　ま、オレは二年だったがな。

男1　わかったかな？　これがホンモノの刑事の姿なんだよ。

男2　……。

男1　カトウ君……カトウ刑事。

男2　は？　はい、よくわかりまし……。

電話が鳴る。

男2　電話です。電話が鳴っています！
男1　何を当たり前のことを言っとるんだ。
男2　犯人からでしょうか、それとも……？
男3　静かにせんか。
男4　部長、これは……。
男1　ふうむ。勉強のためによく聞いておくんだぞ、この鳴り方を。
男2　……。（耳を澄まして聞いている）
男3　リーン、リーンと鳴っているだろう。
男2　リーン……リーン……リー……。
男1・男3・男4　ン。
男2　リー……。
男1・男3・男4　ン。
男1　わかるか？
男2　ふうむ……。
男1　これこそまぎれもなく誘拐犯人からの電話だ。ミウラ、頼むぞ。
男4　はい。（出る）遠山です。
声　遠山さんか。オレだよ。（この声は男1の声である）
男4　オレって言ったって誰だかわかるか。名を名のれ、名を。

声　お嬢ちゃんを預ってるものさ。

男4　娘は無事なんだろうな？

声　安心しな。お嬢ちゃんはピンピンしてるぜ。

男3、受話器をひったくる。

男3　娘の、クミコの声を聞かせてください！

声　ふふふ……奥さんか。お嬢ちゃんは無事だ。こっちだって大事な金ヅルをそう簡単に傷つけたりはしないさ。

男3　クミコを返してください！（泣く）

声　何か声が変だな。

男3　へ？　いえ、あの……ここのところずっと便秘なもので。

間。

緊張の一瞬。

声　そうか、便秘か。そりゃ大変だな。

全員胸をなでおろす。

男2、両手で「引き延ばせ」というゼスチャア。

男1　（小声で）逆探知もしてないのにどうして引き延ばす必要があるんだ？

男2　それもそうですね。ははははは。

声　そこに誰かいるのか⁉

男3　えっ⁉　どういうことですか、それは？

声　今、確かに笑い声がしたぞ。

男3　それは……。

声　テメエ、まさかマイモヘタレ込んだんじゃあ……。

男3　マイモ？

声　警察のことだよ。

男3　そんなことはしていません。

声　じゃあ今そこで笑った奴は誰だ？

男3　……。

声　誰なんだよ⁉

男3　息子です。

声　息子？　お前らに息子なんかいたのか？

男3　いたのかって……いたんだから仕方ないでしょう。
声　出してみろ。
男3　え!?
声　息子を電話口に出してみろ。
男3　は……はい。

男3、無言で「部長、お願いします」
男1、無言で「ダメ、ダメ」
男3、無言で「じゃあミウラ……」
男4、無言で「ダメだよ。オレは今出たもの」
男3、「それじゃあ一体……」
全員の視線が男2に集まる。

男2　（小声で）ダメですよ。オレ、できません。絶対できませんよ。
男3　（小声で）そもそもお前が笑ったからこういうことになったんだろう。
男2　（小声で）ダメですったら。
男4　（小声で）お前しかいないんだから仕方ないじゃないか。
男2　（小声で）そんなこと言われたってできないものはできないんで……。

男1、無言で銃を抜き、男2に向ける。

男1　（小声で）遠慮するなよ。

男2　……。

男2、男1の気迫におされて「ままよ」とばかりに受話器を取る。

男2　……もしもし。

声　息子か？

男2　息子です。

声　年齢《とし》はいくつだ？

男2　……八歳。

声　学校は楽しいか？

男2　……うん。

声　科目は何が好きだ？

男2　ううんと……図工。

声　担任の先生のお名前は？

男2　……ひ……平岡道子先生。

声　あしたの二時間目の授業は何かなあ？

男2　ううんと……算数。

声　5タス6はいくつか、わかるかな？

男2　ううんと……5のタイルが二つと余りが一だから……11。

声　よくできた。パパとかわってくれるかな？

男2　うん。

男2、男4に受話器をわたす。

男4　もしもし。

声　お前に息子がいるとは知らなかったぜ。

男4　要求は何だ？

声　いいか、一度しか言わないからよおく聞けよ。三千万を三時間以内に。

男1、犯人として登場。

男1　用意しろ。

男4　三千万！　そんな大金、私の安月給じゃ無理だ。
声　ふふふふふ……。
男1　ふふふ。
声・男1　隠したってダメさ。
男1　あんたが東洋貿易の専務だってことくらい前もって調べてあるんだ。
男4　そうか……。
声・男4　そうだったな。（この声は男4の声であること）
声　わかった。

男4、男1に受話器をわたす。

男1　やに素直だな。
声　娘の命には代えられん。
男1　よし。三時間以内だぞ。
声　待て。クミコの声を聞かせてくれ。
男1　……。
声　なぜ黙ってる？　貴様……もしやクミコは⁉
男1　あわてるな。お嬢ちゃんは無事だって言ったろう。

声　じゃあなぜクミコの声を聞かせてくれないんだ!?

男1　パパとは話したくないと言ってる。

声　……お前、冗談を言ってるのか？

男1　冗談を言うならもっとマシなことを言うさ。

声　……ママでもダメなのか？

男1　ああ、パパもママも大嫌いだと言っている。

声　……。

男1　あんたの家の事情がどうなのかは知らんが、お嬢ちゃんはかたくなにパパとは話したくないと言っている。

声　クミコ……。

男1　しかし、だ。娘の声を聞かせないで取引きをしようってのも虫がよすぎる。だからこの次の電話の時は必ず声を聞かせる。それでどうだ？

声　わかった。

男1　よおし。三時間後だ。三時間後にまた電話する。

男1、電話を切る。

4

この時点で、男たちはすべて刑事から犯人になっている。

男1　ふう……。
男2　ああ、よかった。
男4　当初の予定じゃ二千万じゃなかったんですか？
男1　へへへ。言ってみるもんだな。スンナリ三千万で手をうちやがった。
男3　もっと上のせしてフッカケテやりゃあよかったんですよ。
男2　それにしても、あの娘《こ》が電話に出ないって言い出した時は肝を冷やしましたよ。
男1　まあ、あの子だって人間だ。パパと話したくない時もあるだろう。
男2　そりゃそうですけど……この次の電話には何としてでも出てもらわないと、ね。
男1　ああ。あまり手荒なまねしたくないが、次の電話の時はムリヤリにでも出てもらわんとな。

男3　三千万ってことはだ、一人頭……。

男2　七百五十万ですよ。七百五十万。一万円札で七百五十枚。うへ、うへ、うへへへへへ。

男1　金が手に入るのがそんなにうれしいか？

男2　うれしいかって……そりゃうれしいですよ。何たって大金ですから。

男4　金が手に入ったらどうするんだ？

男2　そうですねえ……まず借金を返して、残った金で海外へでも高飛びしますよ。

男3　海外ってどこへ行くんだ？

男2　やっぱりヨーロッパがいいなあ。

男1　夢がないなあ。

男2　え？

男1　借金返してヨーロッパへ高飛びなんて、犯罪者として夢がなさすぎると言ったんだよ。

男2　ヨーロッパへの高飛びのどこが夢がないんですか？

男1　パターンなんだよ、みんなお前のやることは。

男2　パターン？

男1　高飛びだかヤリ投げだか知らねえが、そんなのはお前の好きなテレビドラマの犯人がやることで、現場の人間は滅多にそんな陳腐なことはしねえんだよ。

男2　現場の人間は何をするって言うんですか？

男1　いいじゃねえかよ、何したって。

男2　何するんですか、カワハラさんは？

男1　知りたいか？

男2　ええ。

男1　じゃあ教えてやるからその前にこれ（カップヌードルの容《い》れもの）を片付けろ。

男2　……はあ。片付けるから教えてくださいよ。

男1　ああ。

男2、カップヌードルの容れものをまとめて去る。

男3　あいつにも全く困ったもんですね。

男1　ま、誰でも新顔はあんなもんさ。

男4　へへ。あいつ、カワハラさんが手に入れた金でお菓子の家を作るってこと知ったらどんな顔しますかね。

男1　びっくりするだろうなあ。

三人、うっとりと「お菓子の家」を夢想する。
舞台裏で男2の叫び声がする。

男2　大変だあ！

三人、顔を見合わせ、「女の子のいる部屋」へ去る。
しばらくして一人ずつボンヤリと戻る。
しばらくの間、沈黙。

男2　（突然）こんな、こんなことってあるか！
男1　騒ぐな！
男2　これが騒がずにいられますか。死んじゃったんですよ、女の子が。しかも自分で首を吊って。こんな……こんなことが……。
男3　これは自殺だ。オレたちが殺ったわけじゃない。
男2　誰も信じてくれるもんか。人質の女の子、しかもまだ十歳そこそこの女の子が首を吊って自殺するなんて……ふつうじゃとても考えられない。

間。

男1　どこがふつうじゃないんだ？

間。

男1　一人の少女がいて、ある時ふと死にたくなる。おかしいことは何もない。
男2　冗談はもうやめてください。
男1　冗談じゃない。現実にあり得て何の不思議もないことだ。
男2　何を言ってるんです。あの子はオレたちが誘拐したんですよ。そして、これからあの子と引きかえに身代金を頂だいする――その途中のことなんです。しかもオレたちがあの子の口を塞ぐために殺したわけでもない。あの子は自分でシーツのはしを切り裂いてヒモを作り、自分でそのヒモを壁にかけ、自分でヒモに首を通して死んだんです。これがおかしくないはずないじゃないですか！
男1　そのどこがおかしい？　あの子にはシーツを破ってヒモを作るだけの才覚があり、このヒモを壁にかけて首を吊れば死ぬことができると考えるだけの能力があった――それだけのことだ。
男2　……。
男1　これは……現実なんだ。

男3　そうだ現実だ。現実だからこそこういうことも時に起こる。いわば、これは現実のオリジナリティなんだ。

男4　現実だからこそ思いもよらない局面に遭遇する。これはまぎれもなく現実の独創性だ。

男1、男3、男4、笑う。

男2　何を言ってるんです！　気ちがい沙汰だ。

男1　オレたちは気ちがいではなあい！

間。

男2　わかりました。確かに女の子も人間だから死ぬ時もあります。それは……わかりました。

間。

男2　でもなぜ……なぜ死んだんだ……。

男1　なぜ死んだ……か。
男3　動機はいろいろ考えられるぜ。
男2　何ですか？
男3　あの子は電話に出ないと言った。
男2　そうだ。それだ。
男3　それが何なんだ？
男2　家で何かあったんだ。
男3　家で何があったんだ？
男2　いえ、ですから……例えばパパとママと喧嘩して……。
男3　それで死んだって言うのか？
男2　いや、わかりません。でも可能性としてはです……。
男3　オレの推理はこうだ。あの遠山って家は先祖代々忍者の家系なんだ。
男4　忍者の？
男3　ああ。それで敵に捕えられた時は自決するように教育されていた。
男2　何言ってるんですか。そんなはずないでしょう。
男3　そうでないとお前に断言できる根拠があるのか？
男2　根拠も何も……そんなことあるわけないでしょう、ふつう……。
男1　また「ふつう」か。

男2　……。
男4　こんな可能性もあるんじゃないかな。
男1　どんな可能性だ？
男4　クミコちゃんは特殊な持病を持っていて……例えば、ゴキブリを見ると自殺の衝動にかられるといったような。
男2　そんな人間はいない！
男1　いや、いるかもしれない。百万人に一人の割合かもしれないが絶対にいないとは言い切れない。
男4　現にオレの友人にミカンが喰えない男がいる。
男2　それがこれとどういう関係にあるって言うんですか⁉
男4　わからねえ男だな、いいか、ミカンが喰えない人間がこの世には存在するんだぞ。ゴキブリを見て死にたくなる人間がいないと誰が言い切れるものか。
男2　それじゃ何ですか、あなたたちはクミコちゃんが生まれつきゴキブリを見ると死にたくなる持病を持っていて、今日ここではじめてゴキブリに遭遇して自殺したって言うんですか⁉
男4　そうだ。いや、少なくともそういう可能性もあると言ってるんだ。
男1　ちょっと待て。
男3　何ですか？

男1　こう考えられなくもない。つまり、そもそもこれは自殺じゃないかもしれない。
男4　自殺じゃない？
男1　ああ。あの娘は自殺したんじゃない。
男2　何言ってるんですか。自殺じゃないとしたら何だって言うんです？
男1　他殺だ。

間。

男2　はは……はははは……あはははは……。
男3　なるほど。他殺には気がつかなかった。
男4　他殺なら自殺の動機なんて考える必要はないわけだ。ふうむ……。
男2　は。はは。なるほど。そうですねえ。他殺とも考えられなくもないですよねえ。何たってこれはテレビじゃありませんものねえ……。（突然）いい加減にしてください！　誰が、この世の中の一体誰があの娘を殺せたって言うんですか!?　この部屋に外から入ってきた人は誰一人いないんですよ。
男1　いや、この部屋に自由に出入りできた奴が少なくとも四人いる。
男2　四人って……。

間。

男2　誰です？　誰があの娘を殺したって言うんです？

男1　例えば……お前（男2）だ。

男2　……オレが？

男1　お前はかねてよりあの娘《こ》を殺したいと考えていた。そんなある日、あの娘を誘拐するというハナシがお前の耳に入った。そしてお前はこのハナシにのり、誘拐にかこつけてあの娘を殺した。

男2　……。

男1　無論、殺害方法は絞殺だ。首をしめて殺した後、シーツでヒモを作り壁にあの娘を吊りさげた。いわゆる偽装殺人って奴だ。

男4　そうなのか？　おい！

男3　まあまあ。

男2　動機は何です？　オレがあの娘《こ》を殺す動機は!?

男1　それはお前が一番よく知ってるだろう。もし、オレの推理が真実ならな。

男2　真実のわけないでしょう！　そんなことがあり得てたまるもんですか。

男1　なあカトウ、それじゃあ聞くけどな、お前は例えばあの子が誰かに強姦でもさ男2　れて、それを苦にして死んでくれたなら満足か？
男1　……。
男2　それなら確かに一応のツジツマはあう。しかし、しかしだ。……いや、もういい。そんなことより今、オレたちが考えなければならないのは善後策だ。
男3　やるしかないだろう。このまま続けるしかない。
男2　どうやって続けるんですか。女の子は死んでしまった。しかも次の電話で声をきかせてやらなきゃ交渉は成立しない……。
男3　聞かせてやればいいじゃないか。
男2　女の子がいないのにどうやって声を……。
男3　パァパァ。助けてぇ。
男2　……本気なんですか？
男1　一か八かだ。こいつにやってもらう。
男4　こうなった以上、仕方がない。家族の連中をダマしてでも身代金だけは。
男2　無茶だ。いくらなんでも無謀です。
男1　無謀だろうが何だろうがやってみなければわからんだろう。
男2　いや、やらなくたって結果はみえてます。
男1　どうみえてるんだ？
男2　相手はあの娘の父親なんでしょう。父親が自分の子供の声をまちがえるわけないでしょう。

男1　確かにお前の言う「ふつう」で考えればまちがえるわけはない。しかしだ。もし、まちがえたらどうする?

男2　どうするも何もそんなことはあり得ません……いや、少なくともオレはあり得ないと思います。

間。

男3　脱落者誕生、か。

男4　ま、仕方ないと言えば仕方ないことさ。何せ彼はまだ経験が浅いから、現実の持ってるバイタリティって奴を信頼し切れないいんじゃないのかなあ。

男3　これで金を手に入れて借金返すのもパアか。

男4　同時にヨーロッパへの高飛びも夢と消え……。

男1　お前がここで降りると言うならそれでもかまわないぜ。

男2　……。

男1　降りるならすぐここから出ていけ。ただし、言うまでもないと思うが「密告」なんていう陳腐な真似はしてほしくないなあ。なぜってそうだろう。まるでテレビドラマみたいじゃねえか。

男1、男3、男4、笑う。

男2、「娘のいる部屋」へ向う。

男1　おいおい、出口はそっちじゃないぜ。

男2　女の子の死体をあのままにしておくわけにもいかんでしょう。（去る）

男1、男3、男4、ニッと笑う。

暗転。ほんの一瞬でいい。

5

照明が入るとほぼ前景のまま。
ただ男1、男3、男4の外面的な特徴、すなわち口髭、眼鏡、帽子はない。

男3　人質の女の子は無事でしょうか？
男1　うむ。
男4　人質の女の子が死んでいる可能性はあります。
男1　人質の女の子が首を吊って自殺した……というようなことはないにせよ、死んでいる可能性は確かにある。
男4　この次の電話で娘の生死を確認します。
男1　頼む。……金の用意はできたのか？
男3　カトウ刑事が……あ、来ました。

男2、登場。手には皮のバッグ。

男2　金の用意ができました。
男1　中身は何だ？
男2　新聞紙です。しかし、表面はホンモノの紙幣で覆ってますから見た目には全部ホンモノのように見えます。
男1　よし。
男2　あの……。
男1　何だ？
男2　背広を着ていてはまずいんでしょうか？
男1　どういうことかね？
男2　はあ。つまりこのツナギを着ていかないとまずいでしょうか？
男1　まずいなあ。
男2　はあ……。
男1　君なんかにはまだわからんだろうが、刑事って職業は顔に出てしまうんだ。
男2　顔に？
男1　ああ。私たちのように刑事も長いことやってると、どうしても顔に職業が出る。兇悪な犯罪者を相手にする我々は、奴らと相対《あいたい》しても引けをとらないだけの面《つら》構えを要求される。知らず知らずのうちに自分では気づかない外面的な変化があらわれる。見給え、ヤマモト刑事の眼光の鋭さを。見給え、ミウラ刑事の褐色に染まった髪の毛を。見給え、私の口もとのりりしさを。

男2　……。

男1　そんな私たちが背広など着ていてでもみろ、「私は刑事です」ってことを宣伝して歩いているようなものだ。そこで刑事であることを悟られないためにも、いろいろな職業人に変装して刑事であることをカムフラージュするんだ。

男2　しかし、遠山氏は東洋貿易の専務です。

男1　遠山氏はすでに死亡しているじゃないか。となれば、この中の誰かが変装して取り引きに行くしかないだろう。

男4　取り引きには当然危険が伴ないます。

男1　……。

男3　ヘタをすれば殺されるかもしれません。

男1　自分が……行こう。

男3・男4　部長……。

男1　変装の準備は？

男4　できています。

男1は口髭を、男3は眼鏡を、男4は帽子をそれぞれつける。

男2　（男1の顔を見て）ははは。
男1　何がおかしい？
男2　スミマセン。しかし、前にも増して強面《こわもて》になられたようで。
男1　口もとがりりしいからそれをカムフラージュしてるんだ。
男2　私は変装しなくていいんでしょうか？
男1　お前はまだ顔に刑事が出てないからそれだけで充分だ。
男3　アッ、アッ、パァパァ。
男2　何してるんですか？
男3　練習してるんだよ。
男4　そろそろ約束の時間です。
男1　ああ。（男3に）準備はいいか？
男3　アッ、アッ、パァパァパァパァ……ＯＫです。
男2　？
男1　よし、かけるぞ。

男1、電話のダイヤルを回す。

男2　どこへ電話してるんですか、部長。
男1　部長？
男3　何をねぼけたこと言ってんだよ。遠山の家に決まってるだろう。
男4　そろそろ約束の時間だな。
男2　は？
男4　今度は息子に出ろなんて言わないからそう固くなるな。
男2　は……はい？

電話が鳴る。

男3　（男2に）わかるか？
男2　は？
男3　犯人だと思うか？
男2　……わかりません。
男1　リーン、リーンと鳴ってるだろう。これは犯人からの電話だ。さ。（男4を促す）

男4、受話器を取る。
男1、懐からもうひとつの受話器を取り出す。

男4　もしもし。

男1　金の用意はできたか？

男4　できた。

男1　よし。取り引き場所と時間を指定する。

男4　その前に娘の声を聞かせてくれ。そういう約束だったはずだ。

男1　……。

男4　なぜ黙ってる!?　娘はまだ出たくないとでも言ってるのか？

男1　いや、娘は……ここにいる。

男4　なら電話口に出してくれ。

男1　……。

男4　おい、どうした。早く娘の声を聞かせてくれ。聞かせてくれないのなら取り引きに応じないぞ。おい、返事をしろ！

男1　ガタガタ騒ぐな。今、娘の声を聞かせてやる。

　男1、男3に受話器を渡す。

男3　パァパァ。

男4　クミコ！
男3　パァパァ。
男4　クミコ！
男3　パァパァ。
男4　クミコ！
男1　もっとちがうことをしゃべれねえのか。
男3　（うなずいて）パァパァ、あたし恐い。はやく助けに来てぇ。
男4　クミコ、大丈夫か？　何もされなかったか？
男3　うん。
男4　おいしいものは食べてるか？
男3　うん。
男4　コーラは飲んじゃダメだぞ。
男3　うん。
男4　コーラは毒なんだぞ。飲みすぎると骨が溶けてクラゲになってしまうんだぞ。
男3　うん。
男4　野菜はたくさん食べるんだぞ。
男3　うん。

男4　出かける時は火の元を確認するんだぞ。
男3　うん……。
男4　おまえは冷え症なんだから寝る時にはハラマキをするんだぞ。
男3　うん……。
男4　たまには電話をかけてよこすんだぞ。
男3　父ちゃん……！（泣く）

男1、男3から受話器をひったくる。

男1　どうだ、わかったか？
男4　ホントに今のが私の娘なのか？
男1　お前は自分の娘の声もわからねえのか？
男4　いや……今のは確かに娘の声だ。
男1　取り引き場所と時間を言う。一度しか言わないからよおく聞けよ。午後十時、霧むせぶ東京湾第三埠頭だ。
男4　霧がむせばなかったらどうするんだ？
男1　そんなことはどうでもいい！　わかったな？
男4　わかった。

男1　お前一人で来るんだぞ。
男4　金を渡したら娘は返してくれるんだろうな？
男1　ああ。ふふふ、待ってるぜ。（電話をしまう）何だって？

この「何だって？」は刑事として言っている。
以下、刑事の台詞には☆印、犯人の台詞には★印をつける。

☆男4　午後十時、霧むせぶ東京湾第三埠頭です。
☆男1　霧むせぶ？
☆男4　はあ。そう言いました。
☆男1　洒落たことを言う犯人《やっ》だ。
★男3　うまくいきましたかね？
★男1　わからん。だが気づかれずにはすんだようだ。
☆男4　うまく奴らをダマせるでしょうか？
☆男1　わからん。だがやり通すしかない。

男2は右往左往している。

★男1　しかし、なぜ「父ちゃん」なんて叫んだんだ？　あの娘は金持ちの令嬢だぜ。
★男3　いやあ、故郷《くに》の親父のことを思い出しちゃって……思わず目頭が熱くなっちゃったんですよ。
☆男1　しかし、なぜ火の元とかハラマキの話しなんかしたんだ？　遠山氏は貿易会社の専務なんだぞ。
☆男4　いやあ、別れた女房との一つぶ種の娘のことを思い出しちゃって……つい感情が移入してしまったんですよ。
☆男1　コーラを飲みすぎるとクラゲになるっていうのは本当か？
☆男4　故郷の親父はそう言いました。
☆★男1　（男4に）全くひやひや（男3に）させられるぜ。
★男3　いよいよ三千万と御対面ってわけですね。
★男1　あせるな。まだ手に入ったわけじゃない。
☆男4　いよいよ犯人と御対面ってわけですね。
☆男1　あせるな。まだ逮捕したわけじゃない。

男3、拳銃を取り出す。

★男1　ビー玉じゃねえか。

男4、拳銃を取り出す。

☆男1　ビー……拳銃じゃないか。
☆男4　ええ。刑事ですから。
★男1　ビー玉じゃねえか。
★男3　へへ。こんな時のためにちゃんと用意してあります。
男2　あの……。銃を使うんですか？
男3　何？
男2　いえ……何でもありません。
男1　何だ？
男2　私は刑事ですよね？
★男3　刑事!?
男2　いえ。オレは誘拐犯人だ。へへへへへ。
☆男4　犯人!?
男2　いえ。私はカトウ刑事です。はははは。
★男3　刑事!?
男2　いえ。オレは犯罪者だ。へへへへへ。

☆男4　犯罪者⁉
男2　いえ……私はカトウ刑事です。ははははは。
★男3　刑事⁉
男1　何をウロウロしてるんだ？
男3　部長。
男1　いいか、現場で犯人を見つけたら即、射殺するんだ。
男2　そんな……人命はどうなるんですか⁉
男3　人命など気にしていてホンモノの刑事が勤まるものか。
男4　相手は極悪非道の犯罪者だ。
男1　人命尊重などと甘っちょろいことを言っているのは、テレビドラマの話だ。我々ホンモノの刑事は人命など気にしない。犯人逮捕、これを最優先するんだ。
男2　逮捕しないんでしょ。射殺しちゃうんでしょ⁉
男1　そうだ。ホンモノの刑事にとって逮捕とはすなわち射殺を意味するんだ。
男2　嘘だ！　そんなことがあるわけない。あなたたちは狂っている。大変だ、気ちがいが刑事をやってる！
男1　とり乱すな！　これが現実だ。
男3　現代社会は常に現実がフィクションの先を走っているんだ。

男4　これでテレビの刑事とホンモノの刑事の厳しさのちがいがわかったか。
男2　わからない！
男1　そう、みな君のように刑事になりたての[illegible]戸惑った。しかし、現実を前にしてみな慣れた。私とて慣れたからこそ部長にまで昇格できたんだ。
男2　……。
男4　部長、そろそろ。
男1　行くのか行かんのかハッキリしろ！
男2　行きますよ。こうなったらもうヤケだ。射殺します。犯人を見たらすぐ撃ち殺せばいいんですね。
男1　そうだ。
男2　責任は部長がとってくれるんでしょうね。
男1　責任？
男2　犯人を射殺した後、「暴力刑事」とか「殺人刑事」なんて新聞記者《ブンヤ》さんから叩かれるのはまっぴらですから。
男1　心配ない。これだけ独創的な事件が紙面を賑わす時代だ。刑事が犯人の一人や二人、撃ち殺したからと言って何ともない。
男2　そんな……。
男1　しかし、犯人を射殺した後の自分の立場を考えるとはねえ。それもテレビドラマの影響かね？

男2　テレビドラマじゃありません！　これは常識です、秩序です！

男1　常識などクソクラエだ！　ホンモノとは常に常識とか秩序とかそういう束縛からはみ出しているからこそ魅力的なんだ。モナリザが美しかったのは、モナリザがレオナルド・ダ・ビンチの手でまさにかかれたその瞬間だけだ。これだけ複製の出まわる世の中では、ホンモノはホンモノ自らホンモノであることを主張しなければならない。モナリザはもはや美しくない。なぜなら、モナリザはホンモノであることを主張しない、いやできないからだ。もしダ・ビンチが生きていたなら、彼は自らの手でモナリザの口許の微笑みを歪めてみせただろう。そうすることでホンモノであることを主張するだろう。しかし、ホンモノが口許を歪めればコピイたちも一勢に口許を歪める。そこでモナリザは再びホンモノであることを主張しはじめなければならない。両眼を閉じる。鼻の穴を開く。舌を出す。服を脱ぐ。……現代に生き残ったモナリザの何と滑稽なことか。しかし、ホンモノはホンモノであることを主張してこそ美しい。

男4　部長、時間がありません。

男1　うむ。

男3、全員に飲料用の小さなビンを渡す。

男2　何ですか、これは？

男1　警視庁の特殊工作班が極秘のうちに考案した飛行用ドリンク、通称「空飛ぶ刑事くん」だ。これを飲めば文字通り刑事は空を飛べる。

男2　……。

全員、その飲料を一気に飲みくだす。

男1　よおし、行くぞ！

全員、取り引き現場へ颯爽と飛翔する。

6

東京湾第三埠頭。
月は雲に隠れてあたりは漆黒の闇。
埠頭へ打ち寄せる波の音だけが聞こえる。

男1の声　――金を持ってきた。金を持ってきたぞ。

間。

――おい、いるのか？　いるなら返事をしろ。
――時間に正確だな。今、ジャスト午後十時だ。
――どこだ⁉　どこにいる⁉
――動くんじゃねえ。銃を持ってるんだぜ、オレは。
――……。

――金はそのバッグの中か？

――そうだ。

――開けてみろ。

間。

――暗くてよくわからんな……。

――娘はどこだ？

――ここにはいないさ。

――何だと⁉　それじゃ約束が……。

――動くなって言っているのが聞こえねえのか！

――……。

――金をそこへ置け。

――……。

――聞こえねえのか？

バッグを地面へ置く音。

――よし。そのままゆっくり両手を上げるんだ。

間。

――よし。今度はそのままゆっくり前へ歩け。

間。

――歩け！

歩行する音。コツコツコツ……。

――そこで止まれ。そのまま動くな。

歩行する音。コツコツコツ……。

――動くな！

――動いてない。

——……オレが歩いてたんだ。金は確かに受け取った。
——中身を調べなくていいのか？

間。

——テメエ、謀《はか》ったな⁉
——死ね！

闇の中から一発の銃声。
月が雲の切れ目から顔を出す。
舞台中央に拳銃を手にした男１の姿。足許にバッグ。
続いて上手と下手の奥でそれぞれ一発の銃声。
男３と男４、登場。

男3・男4　部長！
男1　無事か？
男3・男4　はい。
男1　今の銃声は？

男4　は。すぐそこで共犯者らしい男を一人射殺しました。
男3　私も一人。
男1　そうか。
男3　犯人はどうやら一人じゃなかったようですね。
男1　ああ。まだいるかもしれん。油断するな。
男3・男4　は。
男1　……カトウ刑事は？
男4　わかりません。
男3　そのへんにいるとは思うんですが。
男1　ふうむ。

男1、地面のバッグに手をかける。
男2、登場。手に拳銃。

男2　それまでだ。
男1　カトウ……。
男4　無事だったのか。
男3　心配してたんだぞ。

男2　動くな！
男1　何？
男2　動くと撃つ。
男3　何を言ってるんだ？
男4　私だ。ミウラ刑事だ。
男2　銃を捨てろ。
男1　何を……。
男2　捨てろ！

間。

三人、男2の気迫に圧されて銃を捨てる。

男2　よし……。
男3　なあ、カトウ、何を感ちがいしてるんだ？　私だ、ヤマモト……。
男2　バッグをそこに置け。
男3　お前……。
男2　そこに置くんだ。
男4　貴様、カトウじゃないのか？

男2　黙れ！
男3　カトウじゃないのか？
男2　オレはカトウだ。
男1　カトウ……。
男2　動くな！
男1　私が本当に誰だかわからないのか？
男2　……。
男1　カワハラだ。カワハラ刑事部長だ。
男2　そんなことはわかってる……。
男1　わかってるだと？　ならばなぜ……。
男2　あなたは確かこう言った。「ホンモノはホンモノであろうと主張してこそ美しい」と……。
男1　そうだ。
男2　しかし、オレはもうひとつ方法があることに気がついた。
男1　方法？
男2　仮にオレがニセモノであったとしても、ホンモノを抹殺することで、ホンモノのモナリザを燃やしてしまうことで、オレはホンモノたり得る。
男1　何を言ってるんだ？

男2　ホンモノがホンモノであるためのオリジナリティは、常に常識からはみ出たところにあるとあなたは言った。

男1　……そうだ。

男2　確かにそうかもしれん。しかし、あんたらはフィクションとはちがう現実のオリジナリティを主張しながら、結局、刑事は犯人には殺されないという安全地帯に立っている。刑事ドラマの主人公がそうであるように、だ。

男1　……。

男3　お前は一体誰なんだ⁉

男2　そんなことはどうでもいい。しかし、あんたらがホンモノの刑事だとしたら、オレはホンモノの犯人だ。

男3・男4　貴様！

男3、男4、投げ捨てた銃に飛びつく。

男2の拳銃が火を吹く。

二人はもんどりうって倒れる。

男1　何てことを……。

男2　現実とフィクションはちがうんだ。

男1　わからん！

男2　これが現実の独創性だ。

男1　黙れ！　この先に何があるって言うんだ？　この茶番の果てに一体何があると思う？　無意味だ。無意味しかそこにはないんだ。

男2　そう、無意味しかそこにはない。しかし、その荒唐無稽な無意味の中にこそ、現実がフィクションに対抗できる本当のオリジナリティがあるはずなんだ。

男1　カトウ！

男2　そう、オレはカトウだ。

急速に暗転。

闇の中で一発の銃声。

エピローグ

闇の中に一人の男の姿が浮かび上がる。

男2　――その日ぼくは、とても新鮮な気持ちでひとつの門の前に立っていました。新しいものに触れる時、人は誰でも新鮮な気持ちをかみしめるものでしょう。何か言っても自分の言ったことばが白々と響き、何がホンモノで何がニセモノなのかわからないような時代ですが、ぼくは元気です。もうすぐ冬がきます。冬だからと言って「おからだを大切に」と話しかけることは、いささかオリジナリティに欠けることかもしれませんが、これが一番いいと思うのでやはりぼくはそう呼びかけます。おからだを大切に――。ぼくは元気です。

男2の背後に男1、男3、男4の姿。

ボクサア

登場人物

男1（カトウ）
男2（カワハラ）
男3（ミウラ）
男4（ヤマモト）
女　（キョウコ）

舞台を包み込む漆黒の闇。

男3の声　真暗だ……。
男2の声　お前は馬鹿か？　誰が真暗じゃないって言ったんだ？
女の声　変な言い方するわね。
男2の声　何が変なんだよ。
女の声　だって……変じゃない、そんなの……ねえ？
男4の声　そうだよ。ミウラはただ「今、ここは真暗闇なんだ」って言って、みんなの置かれた状況を確認したかっただけだよ。な？　……な？　……な？　……返事をしろよ。
男3の声　頷いてるんです。
男1の声　おいちょっと……おいったら……これ誰だよ。
女の声　キョウコだよ。
男1の声　何やってんだよ。
女の声　何やってるって……何もしてないわよ。何するの!?
男1の声　何もしてないだろう。
女の声　今、触ったじゃない。

男1の声　そこにいると邪魔なんだよ。
男4の声　明りはまだかよ。
男1の声　今、スイッチを探してるんだよ。
女の声　自分の部屋なのになんでスイッチを探さなきゃいけないの？
男1の声　ないんだから仕方ないだろう。
男3の声　スイッチがないんですか？
男1の声　あるよ。あるけど……スイッチのヒモが……。
男2の声　上にあがっちゃってるんじゃないのか。
男4の声　何か変なニオイがしないか？
男3の声　変なニオイ？
女の声　そう言えば……何か……するわね。
男3の声　ぼくは別に感じないけど……。
男2の声　（溜息）
男4の声　いや、確かにする。
男3の声　何のニオイがするんです？
女の声　何だろう……何か……甘酸っぱいような……。
男4の声　ゲロのニオイだ。
男1の声　バカタレ。他人《ひと》の家《うち》に来てゲロのニオイがするたあ何て言い草だ。

男4の声　だって……。
男2の声　おい、何やってんだ？　おい誰だ、ここで寝てる奴は……。

間。

男2の声　何だ、冷たくなってるじゃねえか。

男3、男4、女の悲鳴。

男1の声　静かにしろよ。
女の声　だって誰かが寝てるとか何とか……。
男2の声　冗談だよ、嘘。
女の声　もう……馬鹿。何てこと言うのよ。
男4の声　やめろよな、そういうの。オレがそういうことにスゴク弱いってこと知ってるだろう。
男2の声　だからやったんだよ。うはははは。
男3の声　痛《いて》！

何かものが転がる音。

男1の声　今度は何だ?
女の声　大丈夫?
男4の声　まだかよ、明りは。
男2の声　……金を持ってきた。金を持ってきたぞ。(声色を変えて) 時間に正確だな。今ジャスト午後十時だ。(再びもとの声で) どこだ? どこにいる? (声色を変えて) 動くんじゃねえ。
女の声　ねえ。
男2の声　何だ。
女の声　何やってるの?
男2の声　一人二役だよ。
女の声　なんで一人二役やってるの?
男2の声　暗闇の中で一人二役やると面白えからやってんだよ。文句あるか?
女の声　別に文句はないけどね。
男3の声　はくしょん。
男4の声　くしゃみでした。
男3の声　解説しなくてもわかります。

女の声　ねえカトウ君、ボヤッとしてないではやく電気をつけてよ。
男1の声　だからスイッチを探してるって言ったろう。
男2の声　真暗で何も見えないのにどうしてカトウがボヤッとしてるってことがわかるんだ？
女の声　あなたもいちいち変なことにこだわるわね。そう思っただけよ。想像したの。「今、カトウ君はボヤッとしてるんじゃないかな」って。
男2の声　じゃあ、今オレが何をしてるか想像してみろよ。
女の声　あなたは想像しなくてもわかるわ。私のお尻を触ってるのよ！

「バチン」と頬を叩く音とともに照明が入る。
舞台は男1のアパートの一室。舞台の中央にドアがひとつ。
女はまちがえて男3を殴っている。

女　あら……ごめんなさい……まちがえちゃった……。
男2　わはははは。
女　あなたが悪いのよ。もう……馬鹿。
男3　いいんです。気にしないでください。
男2　結構きれいにしてるじゃねえか。

男1　ま、みんなそのへんに適当に座っててくれよ。

男3、自分の蹴とばしたもの（＝目覚し時計）を拾って置き直す。
彼はポテトチップの袋を持っている。

男4　何時なんだ？

女　ごめんなさい……ホントに……。

男3　大丈夫大丈夫。

男4　ミウラ。

女　でもスゴク痛そうな音したよ、「パン！」って。

男4　何時になるんだ？

男3　え？

男4　時間だよ、時間。

男3　ああ……一時四十分。

女　（男1に）何してるの？

男1　ああ……。

女　なあに？

男1　コーヒーでも入れようと思ってさ。

女　あたしやろうか？
男1　いいよ、お湯沸かすだけだから。
男4　何か面白いものないのか、この部屋には。
男2　面白いものって何だよ。
女　あたしアイスの方がいいなあ。
男4　んー例えば卒業アルバムとかさ。なあカトウ……。
男1　何？
男4　ある？
男1　氷はないよ。
女　ないの？
男1　壊れてんだよ、フリーザーが。
男4　ちがうよ、卒業アルバム。
男3　それ（ポテトチップ）食べましょうよ。
女　あ、そうか。（袋をあけようとする）
男1　あれえ……水が出ないや。
男4　何だって？
男3　（女に）ぼくがやりますよ。
男2　ホントに？

女　何？

男3　皿か何かないですか？（袋はまだあかない）

男1　やっぱり出ない。

男2　じゃあお湯が沸かせないじゃねえか。

男3　これ出せるような皿ないですか？（まだあかない）

女　水道が止まっちゃってるの？

男1　そう言えば断水予告の通知が今朝届いてたな。

男2　何てアパートだよ。

男1　アパートのせいにしたって仕方ないだろう。

男4　だからポテトチップといっしょにジュースも買ってきた方がよかったんだよ。

女　ねえ、水が出ないの？

男2　そうだって言ってるじゃねえか。

男3　ねえカトウさん、皿か何かないですかあ？

男1　皿がどうしたって？

男4　（男3に）出ないんだってさ。

男3　皿がないんですか？

男4　何？

男2　皿がどうした？

男3　いや、出ないとか何とか……。
女　出ないのは水よ。
男3　え、水が出ないんですか？
男2　そうだよ。さっきからそう言ってるじゃねえか。
男3　……なんで？
男2　なんでって何が？
男3　なんで水が出ないんですか？
男2・男4　断水だからだよ。
男2　さっきからそう言ってるだろう。
男1　大きな声を出すなよ。
女　お皿よ。ミウラ君はお皿がないかって聞いたの。
男1　何に使う皿？
女　ポテトチップを出すお皿よ。
男1　ああ、そうか。(取りに行く)
男3　断水か……水を断つと書いて断水と読む。

男1、皿を持ってくる。
女、ポテトチップを皿にあける。

以後各自、会話のあい間にポテトチップを食べてよし。

男4　何か湿っぽいぞ。
男2　この部屋がか？
男4　この絨毯がだよ。
男2　どこが？
男4　このへん。

男1、一度座る。
男3、ジャンパーを脱ごうとする。チャックがひっかかる。

男1　あれ？
女　（男1に）どうしたの？
男1　いや……何かしようと思ってたのに忘れちゃった。
男4　何かこぼしたのか？
女　若いのに健忘症なんてカッコワルイ。
男1　何だっけな……。
男4　ここに何かこぼしたか？

男1　あ……ああ。
男4　何をこぼしたんだ？
男1　あ、そうか。冷蔵庫に何か飲みものがあるかも……。（立ち上がる）
男4　何？
女　（男3に）動かなくなっちゃったの？
男4　わかったのか、カトウ……。（オレの言っていることが）
男1　わかった。冷蔵庫を調べようと思ったんだ。
男4　ちがうよ。ここに何かこぼしたかって……。
男1　ああ、そこか。こぼしたよ。
男4　何をこぼしたんだ？
男2　（男1に）あったか？
男1　やっぱりないや。
女　私に貸してごらんなさいよ。
男1　わかった。匂ってたのはそれだ。
男4　匂ってたのはこれ？
男1　汚ないものじゃないから気にするなよ。
女　こういうのはね……こう……ジワジワっと……チャックをだましだましやらないと……。

男4　あ。このニオイだ。
男2　ゲロ人間。
男3　ゲロ人間だあ。

男4、男2へ手を近づける。

男2　やめろ、馬鹿！

続いて男3へ。

男3　わあああ……何すんですか！
女　動いちゃダメよ！
男1　静かにしろって言ってるのがわからないのか。
女　じっとしてなさい。
男4　何なんだよ、これ。
男1　牛乳だよ。
男4　牛乳？
女　これがこっちに……こう……なれば……。

男1　朝こぼしたんだから今頃は発酵してヨーグルトになってるさ。喰ってみろよ。
男4　馬鹿言え。
男2　チャックがはずれないのか？
女　はずれそうなんだけどな……。
男2　オレにやらせてみろよ。
男3　いいですよ。
男2　遠慮するなよ。
男4　ニオイが手についた。
女　できそうなんだから邪魔しないで。
男1　洗ってくれればいいだろう。
男2　貸してみろって。
女　やったわ。
男3　ホント？
男2　どれ？（男2が触ると再びチャックはひっかかる）
男4　水が出ない！
男3　またひっかかっちゃったじゃないですか、もう！

男2、大笑いしながら「ゴメンゴメン」と謝る。

男1　（強く）静かにしろ！
他の四人　……？
男2　何だ？　どうかしたのか？
男1　いや……夜も更けたし、あんまり騒ぐと隣近所の人に迷惑じゃないかって思ってさ。
他の四人　……。
男1　このアパート安普請だから隣の部屋に声が筒抜けらしいんだ。
男4　隣りの人から文句言われたことあるのか？
男1　いや、隣りに住んでる人は滅多に部屋にいないみたいだから平気だと思うけど……この部屋の下に住んでるのが……ちょっと恐い人なんで……。
男4　恐いって？
男3　誰が住んでるんですか？
男1　うん。それがどうやら……ボクサァらしいんだ。
他の四人　ボクサァ？
男1　しっ……。

間。

男2　何だそりゃ？
男1　何だそりゃって……ボクサァだよ。
男2　これ？（パンチをくり出す）
男1　ああ。

間。

女　へえ。面白い人が住んでるのね。
男1　面白い？
女　何て言うか……いろんな夢を持ってる人がいて。
男2　そうかね。
女　サラリーマンとかがいっぱい住んでるより面白そうじゃない。「昨日の試合、テレビで見ましたよ」「ヤッ、ありがとう」なんて朝の会話のひとつもあればすがすがしいじゃない。
男4　テレビに出るほど有名じゃないんだろう？
男2　こんなアパートに住んでるくらいだからな。
男3　「ヤッ、おはよう」なんて言いあうくらい親しいんですか？

男1　とんでもない。親しい人を恐がる必要ないだろう。顔をあわせることすらほとんどないくらいだよ。

男2　無名のチンピラさ。ボクサァなんてたいがい一獲千金を夢みて上京した愚鈍な百姓に決まってるさ。

「ひどい」「それは偏見よ」という声とともに男1以外の人々、笑う。

男1　やめろ。何てこと言うんだ。場所を考えろ。床一枚隔てた下にあいつがいるんだぞ。もし聞こえてたらどうするつもりだ。

男2　寝てるさ、もう。ボクサァは朝が早いから平気平気。

男3　でももし寝てなかったら今の発言はちょっとヤバイですよ。

間。

男2　大丈夫だよ。チンピラごときにビクビクしてて健全な社会が作れるか。（男4に）なあ。

男4　そうだそうだ。

間。

男2　（床にむかって）どうもスイマセンでした。今のはみんな冗談です。本気にしないでトレーニングに励んで下さい。チャンピオン・ベルトはあなたのものです。

男1　やめろ。よけいからかってるとしか思えない。

間。

男4　やっぱり……マズかったかな？

男3　起きてたら……ね。

女　寝てるわよ。もうこんな時間ですもの。

男3　そうですよね。寝てますよね。

男1　でも五十パーセントの確率で起きてるよ、絶対。

間。

女　ボクサァだからって恐がることないじゃない。別にここは……ねえ、こういうの……（両手で四角い形を作って）何て言うんだっけ、これ？

男2　何？
女　ボクシングする時、こういう形の場所でやるじゃない。
男4　ああ、リングか。
女　そう、それよ。
男3　でもこれはそういう問題じゃないでしょ。
女　そういう問題って何よ？
男4　リングじゃなくても殴られればどこにいたって同じってことだろう。
男3　……ええ。
男2　嫌なこと言うね。
男4　でもそうじゃないか。
男1　まあ聞けよ。このアパートに越してきてまだ間もないんだけど、つい一週間くらい前、真夜中にレコードかけて聴いてたらドアを「ばあん」と叩く音がしたんで、びっくりして「どなたですか？」って尋ねたら……。
男4　「ボクサァだ」って言ったのか？
男1　言わないよ。何も答えないんだ。「あれ？　もしかして今の『ばあん』って音は、レコードの中のドラムスか何かの音だったのかな」って思ってドアから離れようとしたら再び「ばあん」とドアを叩く音。
女　恐あい。

男1　こういう時の恐怖感っていうのは口で説明してもわかってもらえないかもしれないけど、全身が凍りつくとはこういう時のことで、何も言えずにドアの前に立ちすくんじゃったよ。
男3　それでその後どうなったんですか？
男1　ドアが静かに開くとあいつがニヤニヤして立ってるんだ。そして一言こう言った。「お前、殺されたいのけえ？」

間。

男2　おいおい……冗談じゃねえぜ。早くそれを言えよ。そんな気ちがいみたいな奴の住んでるアパートに、なんでオレたちが来なくちゃいけねえんだよ。
男3　「けえ」っていうのはどこの方言ですかね。
男2　そんなことはどうでもいいことだろうが。
男4　いや、一概にそうも言えないぞ。方言を分析してどこの出身者かを割り出すことができれば、その気質とか気性みたいなものがある程度わかるんじゃないか？
男3　ふむふむ。
男2　何が言いてえんだよ。

男4　うん……だから……例えば東北出身者は雪なんか降ってじっとしてることが多いから忍耐強いし、南方の……九州とか四国の人は血の気が多いから喧嘩早いとか……。

男3　うん、そうだ。

女　でも「けえ」っていうのがどこの方言かわかるの？

男4　それはわからないけど……。

男2　じゃあやっぱりどうでもいいことじゃねえか。

男3　どんな奴なんですか、その男？

男1　うん……ボクサァというだけはあって、眼光の鋭いひきしまったかんじの男だった……と思う。

男2　思う？　断言できないのか？

男1　なんせ顔を見たのは一瞬のことだから……。

男4　でも「殺されたいのけえ」って言ったことだけはハッキリしてるんだな？

男1　ああ、確かにそう言った。

男2　ふうむ。

女　ねえ、なんでその男がボクサァだってわかったの？

男1　管理人のオバサンが教えてくれたんだ。

男3　あなたの部屋の真下にはボクサァが住んでいますって？

男1　まさかそういう言い方はしなかったけど……まあそんなような意味のことをさ。
女　その人がこの部屋の真下に？
男1　ああ……真下に。

間。──長い。

男3　静かだな……。

間。

女　夜だもの……。

間。

男2　何考えてんだろう……？
男1　誰が？

間。

男4　試合のことかな、やっぱり。
男3　もしかしたら明日《あした》が彼のすべてを賭けたデビュー戦だったりしてね。
男2　ははは……そうだな。
男4　明日のために彼の人生のすべてがあったりしてね。
男2　ははは……。

間。

女　さっきしゃべってたこと、聞こえちゃったかしら……。
男2　そりゃ聞こえるさ。そもそも聞こえるように言ったんだから。聞こえない方がおかしいくらいだよ。（男4に）なあ。
男4　謝ってきた方がいいんじゃないか？
男2　何……何言ってんだよ。
男4　謝れば許してくれるかもしれないだろう。
男2　おい、ヤマモト。これだけはハッキリさせとくけどな、お前も共犯だからな。
女　謝ってきなさいよ。行くんだったら早い方がいいわ。
男2　誰が謝りに行くんだ？

女　もちろんあなたよ。
男2　なんでオレなんだ?
女　だってあの人のこと馬鹿にしたのはあなたじゃない。
男3　そうだ。カワハラさんがあの人のことを愚鈍な百姓とか何とか言って……。
男2　冗談だよ、冗談で言ったの。
男4　こっちが冗談のつもりでも向うはそうはとってないかもよ。
男2　お前な、さっきから聞いてるとまるで他人事《ひと》のような言い方するけどな、お前だっていっしょに笑ったんだぞ。
男4　オレ、笑ってないよ。
男2　……これだよ。笑ったじゃねえか。
男4　笑ってないって。はは。
男2　はは。そうか。あくまで責任はすべてオレになすりつけようって肚《はら》か……そうか……テメエ!（男4の胸ぐらをつかむ）
男1　まあまあ……とにかくそういうわけだから……あんまり騒いであいつを怒らせるようなことだけはしないでくれよ。な。
間。

男1　ふつうにしてれば大丈夫だから……。

間。

男1　あ、何か音楽でもかけようか……。（立ちあがる）
男2　やめろ。時間を考えろよ。
女　そうよ。何時だと思ってるの。
男3　非常識ですよ、こんな夜中に。

間。

男1　ははは……音楽なんかなくてもみんな怪我さえしなきゃいいってわけか。
男2　よくもヌケヌケとそんなことが言えるな。
男1　何？
男2　何じゃないよ。そもそもオレたちはお前が来いって言うからここへ来たんじゃねえか。
男1　別に強制的に連れてきたわけじゃないだろう。
男2　それがいざ来てみたらこの有様だ。

男1　嫌なら来なきゃよかったじゃないか。
男2　何も言わなかったじゃねえか、そんなわけのわからない奴といっしょに暮らしてるなんて。
男1　いっしょにって……別にオレとあいつは同棲してるわけじゃないんだから。
男2　同棲してるも同然だよ。一つ屋根の下に二人とも住んでるんだ。
女　今さらそんなこと言っても仕方ないじゃない。私たち、もうこの部屋に来ちゃったんだから。

男1、ポテトチップを食べている。

男2　うまいか？
男1　……静かにしてればまさかあいつだって。
男2　聞かれてるかもしれないぞ、あいつのこと笑ったのを。
男1　そりゃそうだけど……今のところあいつも動き出した様子はないみたいだし、そんなに深刻に考えなくても……。
男2　気休めなんか聞きたくない。
男1　気休めって……そんなつもりで言ったんじゃないよ。

間。

女　ボクサァか……強いんだろうね。
男2　あたり前よ。ボクサァから強さをとったら他に何が残るんだよ。
男3　大柄だってことはやっぱりヘビー級クラスかな？
女　大柄なの？
男3　だってカトウさんがさっきそう言ったでしょ。
男2　おいカトウ、大柄なのかそいつは？
男1　ん、ああ……どちらかというと大柄だな。
男2　オレよりでかいか？
男1　同じくらいだったかな。
男2　奴の身長は一メートル八十三センチだ。
女　……でかい。
男4　それだけあれば文句なくヘビー級だ。
男3　ヘビー級ってどのくらいなんですか、つまり、その……体重は？
男4　たぶん八十キロは楽にあるだろうな。
女　八十キロ……。
男3　カワハラさんは？

男2　六十四キロ。
女　……負けてるわ。
男2　ちょっと待て。お前らまさかオレとあいつを戦わせるつもりじゃないだろうな。嫌だよ、オレは。
男4　そんなことは言ってないだろう。
女　そうよ。でももし戦うとしたら恐いってわけ？
男2　恐くない方がおかしいだろう。力で負けてる上に相手は気が狂ってるんだぜ。
男3　気ちがいなんですか？
男2　カトウがさっき言ってたじゃねえか。
男1　その可能性はあるけど断言はできないよ。
男2　ちょっと考えてみればわかりそうなもんじゃねえか。決定的なのは「お前、殺されたいのけえ」だよ。ふつうの人間がこんなこと言うか？　言わないだろう？
男4　それはそうだ。
女　ちょっと異常ね。
男2　ちょっとどころか相当異常だ。
男3　わかった。バンバン頭を殴られてるうちに少しずつ狂っていったんだ。
男4　確かにボクサァには変なのが多い。
男3　そうだ。その証拠にボクサァには犯罪者が多い。

男2　なんせ人を殴り倒すことに喜びを見い出してる人種だからな。
男3　それにボクサァの大部分は貧乏人だ。
男2　貧乏だからお金がほしい。
女　お金がないから性格ゆがむ。
男4　性格ゆがんで人でも殺す。

男1以外の四人、虚ろに笑う。

男2　しかしなあ……いくら何でもなあ……人殺しってことはないだろう？
女　そうよね。人殺しなんて……そう滅多にいるもんじゃないし。
男1　ちょっと待てよ……。
男4　何？　どうしたの？
男1　あいつ……どこかで……え？　でもまさか……。
男2　何だよ、何言ってるんだ？
男1　いや、そんなことない……そんなことあるわけない。
男2　おい。
男1　でも…やっぱり……。
男2　カトウ、どうした？

男1　あ……ああ。いや、実は今気がついたんだけど……いいか落ち着いて聞いてくれよ。あいつの顔、駅前の交番に貼ってある〈女子高生暴行殺人犯〉のモンタージュ写真によく似てる。
女　……女子高生連続絞殺強姦犯人。
男2　馬鹿。暴行殺人犯だよ。
女　……同じじゃない。
男2　絞殺じゃないよ。暴行だ。
女　でも絞殺したかもしれないんでしょ？
男2　……まあな。
男4　顔はハッキリしないってさっき言ってたじゃないか。
男1　ああ。でも直感的にあいつのイメージがモンタージュ写真の顔にダブったんだ。
女　なんで警察に通報しないのよ。
男1　今ハッキリしたんだから仕方ないじゃないか。それにもし人ちがいなんかだったら本人に悪いだろう。
男4　人ちがいじゃなかったらどうするんだよ。
男2　落ち着けって。まだ奴が犯人と決まったわけじゃない。
男1　ふうむ。確かにあいつなら女子高生を無理矢理犯して首を絞めてる姿が絵になる。

男4　絵になるとかならないとかそういうことじゃないだろう。
男3　やっぱり……やっぱり頭が変なんだ。これで決まりだ。精神異常だから見境いなく人を殺せるんだ。何てことだ。何て奴だ。何てアパートだ！
男4　落ち着け！

間。

男2　奴が殺人ボクサァだという確証は何ひとつない。逆に奴が殺人ボクサァでないという確証も何ひとつない。……しかし、カトウの証言を考えに入れれば、奴が殺人ボクサァである可能性の方がはるかに高い。
女　そんなのってないわ……。（泣く）
男4　泣くことないじゃないか。
女　だって……。
男4　だってじゃない！
男3　ちょっと……。
男1　どうした？
男3　何か今、聞こえませんでしたか？
男4　下の部屋か？

女　きゃ！　あいつよ、殺人ボクサァよ！

男2　しっ！　静かにするんだ。

間。

男3　気のせいか……。

間。

女　何も聞こえないわ……。

間。

男3　ぼくさぁ……。

間。

男3　あの、誤解しないで下さい。今の「ボクサァ」っていうのは「私は」って意味男2　の「ぼくさぁ」です。下のボクサァのことじゃ……。
男3　だから何なんだよ。
女　今日はやることがあるのでやっぱり帰ります。
男3　私たちを置きざりにしてトンズラしようって言うの⁉
女　……。
男1　あなたが帰ったら男の子が三人になっちゃうじゃない。
男3　そうだよ。一本なら簡単に折れてしまう矢も、三本束ねれば折れないっていうことわざがあるの知らないのかよ。
男2　ぼくがいなくても三本あるじゃないですか。それに元バスケット部主将のカワハラさんがいるじゃないですか。ボクサァなんて言ったって、人間、結局身長の高い方が勝ちですよ。ははは。
男3　ミウラ、これはそういう問題じゃねえだろうが。男としての責任の問題なんだよ、これは。
男4　そんなこと言われたって……ぼく殴られるの好きじゃないし。
男1　誰だって好きじゃないよ。でも長い人生の中には戦わなければならない時があるもんだろう？　そうだ。それが今だ。そうにちがいない。そうに決まった。パニックの中でこそ真の人間性は問われるってよく言うけど、全くお前は『タワーリング・インフェルノ』のリチャード・チェンバレンみたいな男だよ。

男3　ぼく……力ないんだ。鉛筆より重いもの持ったことないんだ。
男1　隠したってダメだぞ、チェンバレン。オレは知ってるんだぞ。
男3　何をですか?
男1　去年の冬、みんなでスキーに行った時、こんなにでかい雪ダルマを作ったろう。あんなにでかい雪ダルマを一人で作れる奴に力がないなんて言わせない。
男3　あれは力なんかなくても斜面の上を転がせば自然と作れちゃうもんです。
男4　オレは一人でも戦うぞ。
男2　ミウラ、お前男として恥ずかしくないのか?　こんないたいけな女の子を見殺しにして、良心の苛責ってものを感じないのか?
男3　(半分冗談で)人間結局、テメエが一番かわいいのよ。
男2　(本気で受けとめる)貴様……。
男1　帰りたいんなら仕方ない。行っていいよ。いいけどさ……オレ言っちゃうよ、お前の秘密。
男3　何ですか、秘密って。
男1　いいんだな?　言っていいんだな?
男3　へ……へへ。いいですよ。ぼく、みんなにバラされちゃまずいような、そんなやましい秘密なんてひとつも持ってませんから。
男1　去年の夏、伊豆へ泳ぎに行ったな、チェンバレン。

男3　行きましたよ。
男1　海の中で何をした？
男3　……なんでそのこと知ってるんですか？
女　海の中で何したの？
男1　海の中で……。
男3　わあぁ！
男1　ウンコをしたんだ。
男3　……。
男4　……何て奴だ。
男1　それだけじゃない。あれも言うぞ。
男3　あれって……。
男1　北海道の馬小屋のことさ。
女　馬小屋？
男4　またウンコしたのか？
男1　いいや、今度はウンコどころの騒ぎじゃない。
女　何が騒ぐの？
男3　言わないでください。
男1　ふふふ……これでもまだ帰りたいと言うのか？

男3　わかりました。帰りません。帰るなんて二度と言いませんから馬小屋だけは……。

男1　ホントだな？

男3　はい。

男1　よおし。……で、馬小屋のことだが。

ゴトンという音がする。

男3　……今絶対音がした。

男4　下の部屋か？

男2　声を出すな。息を殺せ。一言もしゃべっちゃいかん。カトウ、明りだ、明りを消せ。

男1、電気を消す。

再び、暗闇。

間。

女の声　ゴメンナサイ……。

男2の声　しゃべるなって言ってるのがわからないのか⁉

女の声　でも……。

男2の声　貴様、オレの命令が聞けないのか？

間。

男1の声　何も聞こえないぞ。

男3の声　でも確かにゴトッて……。

男4の声　オレは一人でも戦うぞ。

女の声　ちがうの……。

男2の声　何がちがうんだ？

女の声　今のゴトンって音は、私が目覚し時計を転がしちゃった音なの。

他の四人　……。

男2の声　こんな緊迫した状態の中でよく明日のことなんか考えてられるな。

女の声　そうじゃないわ。恐いから何かに触ってないと落ち着かないのよ。

「パリッ」とポテトチップを食べる音。

間。

男2の声　今、ポテトチップを食べた奴を銃殺刑に処す。

間。

男2の声　誰だ？

間。

男2の声　誰がポテトチップを食べたんだ？

間。

男2の声　答えないつもりか……。（しぼり出すように）オレは、オレは本気なんだぞ！
男4の声　どうでもいいじゃないか、そんなこと。
男2の声　犯人はお前だ。
男4の声　何言ってるんだ。オレじゃない。
男2の声　じゃあ誰だ？

男1の声　オレ知ってる。
男2の声　誰なんだ？
男1の声　オレのこっちの耳もとで音がした。ということは……犯人はこいつだ！
女の声　痛い！　手を踏んだわ！

明りがつく。
男4がつけたのである。

男1　くそ、逃げられたか……。

男3、ポテトチップを一枚持っている。
間。

男3　ぼくじゃない……ホントだ。
男1　手に持っているものは何だ？
男3　これは……これはちがう。誤解だ。
男1　どうちがうんだ？　これほどハッキリした証拠があるのにどうちがうんだ。
男2　よおし。銃殺刑の準備にかかれ。

男1　は。
女　待って。
男2　何だ？
女　これをよく見て。（男3の持っていたポテトチップをとりあげて）これは完全なポテトチップだわ。
男2　完全な？
女　ええ。もしミウラ君が犯人だとしたら、食べかけのポテトチップを持ってるはずよ。
男2　……。
男3　そうだそうだ。
男1　……そうだろうか？
女　どういう意味よ。
男1　確かに見ての通りこのポテトチップは完璧だ。そういう意味ではミウラはシロだ。が、それはあくまでこのポテトチップがミウラの食べようとした一枚目のポテトチップだったと考えた時のことだ。
男2　どういうことだ？
男1　つまり、このポテトチップは犯人《ほし》が狙った第二のポテトチップだとしたら……一枚目のポテトを殺《や》った後、第二の犯行に及ぼうとしていた時に手にした物証であると仮定すれば……。

男3　ちがう。ぼくじゃない。

女　でもあくまでそれは仮説よ。ミウラ君を犯人と断定するだけの物的証拠じゃないわ。

男1　物的証拠？

女　ええ。

男4　こいつの腹を裂いて調べろって言うのか？

女　そんなこと言ってないわ。

男1　じゃあどうやって調べろって言うんだ？

女　犯人を割り出す唯一の方法は……歯についた青のりよ。

男1・男2、男3の歯を調べようとする。

男4　やめろよ！　みんな何やってんだ。そんなことやってる場合か。今、考えなくちゃいけないのはそんなことじゃないだろう。

他の四人　……。

間。

男3　ありがとう。ぼくのために……もう大丈夫です。
女　うん……。
男1　お前さっき帰るって言ったばかりじゃないかよ。
男2　全く優柔不断な男だよ。
男4　オレは一人でも戦うぞ。
男3　ぼくだって恐いんだ。恐いから誰か傍にいてくれる人がほしいだけだ。そしてこんな状況下にいるからこそ言える。キョウコさん、ぼくはあなたが好きだ。
女　ミウラ君……。
男1　お前はこの非常時によく愛なんか語れるな。
男3　逆です。非常時だからこそ人は真の愛を語れるんです。
男2　お前は非常時じゃなきゃ愛も語れないのか？　貧しい。余りに貧しい。こんなことで日本はいいのか？
男4　オレは一人でも戦うぞ。
男1　少しはちがうことを言ったらどうだ。
男3　何と言われようとぼくの気持ちに偽りはないんだ。
男2　お前の気持ちなんてこの際どうでもいい。
男4　そうだよ。問題は殺人ボクサァの襲撃にオレたちがどう対処するかだ。

男3　襲撃って……。

男1　あたり前だろう。相手は人殺しの変態ボクサァなんだぞ。オレたちのしゃべってたこと聞いて、いつ襲ってくるかわかったもんじゃない。

男4、「牛乳で湿っているはずの床」に耳をあてて伏せる。

男2　どうだ？　何か聞こえるか？

男4　いや……何も……。

男2　そうか……。

女　何してるんだろう……。

男2　ふうむ……。

男3　あの……。

男1　何だ。

男3　ひとつの可能性として……まだ気づかれてないってこともあるわけですよね、下のあいつに……つまり、ぼくらのことを。

男1　そんなはずないだろう。

男3　でも何も聞こえないってことは、やっぱり……その……スゴク疲れててぐっすり眠ってるってこともあり得るんじゃないですか？

男1　……。
男3　そうでしょ？　そういうこともあるわけでしょ？
女　そうだわ。いくら人殺しのボクサァでも気づかれてなければまだ助かる道はあるわ。
男3　うんうん。
男4　ちょっと待て。
男2　何だ、どうした？

間。

男4　何だこれ……。
女　何、どうしたの？
男4　みんな床に耳をあてて聞いてみろ。

全員、床に耳をあてて伏せる。

間。

女　何も聞こえないじゃない。

男4　しっ。

間。

男3　何が……何が聞こえるんです？
男4　わからないか？　……ほら……下で……ドス……ドスって……。
男3　……。
男4　聞こえるだろう？……ドス……ドスドス……ドス……ドスドス……ドス……ドスドスドス……ドスドス……ドスドスドスドス……。

男4の声にダブって微かに鈍く重い音が聞こえてくる。

女　何……これ……。
男1　何かを殴ってるんだ……。
男3　何を……何を殴ってるんだ……？
男4　……サンドバッグだ。
男1　そんな……そんな馬鹿な。
女　何よ、それ……。

男4　パンチ力を強めるためにボクサァが使う砂のぎっしりつまった皮の袋さ。
女　なんで……なんでそんなもの殴ってるの？
男2　決まってるだろう。オレたちを殴り殺すために準備運動してるんだ……。
男3　聞こえてたんだ、全部。あいつに……あいつに……話してたこと全部……。

間。

男2　ボクサァったって相手はひとりだ。こっちは五人もいる。
女　女の子は戦えないわ。
男1　何言ってんだ。何のために『とらばーゆ』まで作って男とハリ合ってるんだ。こんな時、武器をとって男といっしょに戦うためだろう。
男2　キョウコはともかく男は四人いる。
男3　そうだ。四対一だ。
男4　でも相手はヘビー級のボクサァだぜ。
女　しかも人まで殺してる殺人ボクサァよ。
男2　何とかなる。
男3　そうですよ。何とかなりますよ。
女　でも何とかならない時もあるわけでしょ？

男2　身長で勝てる自信はある。
女　背の高さなんか問題じゃないわ。
男4　そうだよ。問題はパンチ力だ。
男2　オレたち四人のパンチ力を合計すれば奴に勝てる。
男4　合計するって……そんなこと簡単にできるわけないだろう。
男2　いや、やってみなければわからない。
男4　いいか、敵はボクサァなんだぞ。頬を切るようなジャヴを小刻みにくり出しながら一瞬のスキをついて強烈なストレート。あっと思って顔を防いだら今度はズシンと腹へボディ・ブロウ。ふらふらっとしてるところを下から象のハナみたいなアッパー・カット。しかもこの一連の動作の間、相手の攻撃をかわすために常に足もとは軽快なフット・ワークを刻んでる……そんな奴の顔面にどうやってオレたち四人の拳を同時にヒットさせることができる?
男2　……。
男1　じゃあどうすればいいんだよ。
男4　そんなのわからないよ。でも何か作戦を立ててやれば……。
男2　ヤマモト……お前ボクシングの経験あるのか?
男4　え?
男2　やったことあるのか?（パンチをくり出す）

男4　いや……。

男2　ホントか？　それにしちゃやけにキマッテたじゃねえか。

男4　いや、ちゃんとやったことはないけど……。

男2　少しはあるのか？

男4　ほんの少しね。

男1　だから鼻がつぶれてたのか……。

男4　何？

男2　いや、頼もしい限りだ。そういや腕なんか太いものなあ。

男4　そんなことないって。

男2　いいか、奴が来たらまずお前がいけ。

男4　え？

男2　お前の戦いっぷりを見て次にオレたちがいく。

男4　何言ってんだよ。五人でも危いのに一人でなんかいったらまちがいなく殺されちゃうよ。

男2　いや、お前なら大丈夫だ。少なくとも経験者だ。

男4　嫌だ。一人で戦うなんて……冗談じゃない。

男2　作戦を立てろと言ったのはお前だぞ。

男4　そんな作戦は無謀だ。素手で立ち向える相手じゃない。

男2　「一人でも戦う」って言ってたじゃねえか。
男4　それとこれとはハナシが……。
男2　別だって言うのか……全く……。

間。

女　勝てないの、四人もいるのに……。
男1　そうか……。
男2　何だ？
男1　素手じゃかなわないかもしれないけど、何か武器があれば……。（取りに行く）
女　武器って？
男4　そうか……武器だ。武器さえあれば……。
男1　（ナイフを持って戻ってくる）ほら、このナイフ、使えるだろう？
男2　うむ。他にはないのか？　包丁とかジャックナイフとか……。
男1　刃物類は……これしかない。
男2　何か他に武器になるようなものは……。
男3　この花瓶なんか鈍器だからこれで後頭部をボカッて……。
男2　よし。使える。

女　（男3に）採用されてよかったね。
男3　うん。（何回か花瓶を振りおろす）うはははは。
男4　オレ、昔学生運動やってたオジサンから火炎ビンの作り方教えてもらったことがある。
男2　火炎ビンか……。作れるか？
男4　ああ。でもガソリンか何かないと……。
男2　ガソリンか……。（男1に）ガソリンあるか？
男1　え？
男4　ガソリンじゃなくても灯油とかそういう揮発性の液体なら何でもいい。
男2　あるか？
男1　何が？
男2　そういうやつだ、その……何だ、起爆性のあるあれだ。
男4　揮発性だよ。
男2　どうでもいいだろうが、そんなこと。
男1　何のことを言ってるんだよ。
男4　ガソリンとか灯油とかそういう揮発性の類の燃料、ないか？
男1　ああ……ない。
男2　ないのか、ホントに？　よく考えてみろ。

男1　ないんだから仕方ないだろう。
男2　暖房の設備は何にもないのか、この家《うち》には？
男1　電気ゴタツならある。
男2　……。
男1　出そうか？　でもどうやって武器にするんだ？
男2　ちがうよ！　電気ゴタツでどうやって戦うって言うんだ？
男1　何怒ってんだよ。
男2　火炎ビンの燃料になるようなものはないかって聞いたんだ。
男1　火炎ビン？
男4　（非常に高価なウイスキイを持って出てきて）これが使えそうだ。
男1　……。
男2　そうか……なるほど。これで火炎ビンは作れるな。
男4　ああ。
女　すごいお酒持ってるのね。
男1　ああ……オヤジから盗《と》ったんだ。
女　高そうなお酒じゃない。
男1　ああ……スゴク高いよ。
女　じゃあ味もいいんでしょ？

男1　ああ……スゴク。
女　いいの?
男2　何言ってるんだ。そんなこと言ってられる場合か。
女　それはわかるけど……ちょっともったいないんじゃないかなって。
男2　それじゃあ何か、お前は自分の命よりこの酒の方が大切だとでも言うのか?
女　そんなこと言ってないわ。
男2　状況が状況だ。カトウだって惜しまず酒を提供してくれるさ。なあ。
男1　ん……ああ、そうとも。構わないって。どんどん使ってくれ。（自分に言いきかせるように）状況が状況なんだ。酒を惜しんでられる場合か。命を守るためならたとえ○○（例えばレミイマルタン）が灰になっても仕方ないじゃないか。うん。そうだよ、ホント……。
女　カトウ君が何かかわいそう。
男2　仕方ないことなんだ。武装しなきゃこっちが殺られる。
女　でも何か……スゴクもったいない様子だから。
男1　もったいないなどない!　いいか、相手はいたいけな女子中学生をつづけざまに十五人も強姦し、のこぎりで身体《からだ》をバラバラに切り刻んだ挙句、切り落とした首を押し入れに並べて舌なめずりしながらイヒイヒ笑っている異常を極めた変態ボクサァなんだぞ。

女　十五人も⁉　首を⁉　イヒイヒ⁉
男2　何驚いてるんだ。そのくらいのことははじめからわかってたことじゃねえか。（男4に）どうだ、うまく作れそうか？
男4　ああ。何とかできそうだ。
女　……これ、何かに使えないかしら？

女、首から下げていた十字架のペンダントを示す。

男2　どういうことだ？
女　もしも殺人ボクサァがクリスチャンだったらきっとこれが役に立つと思うの。
男2　十字架に弱いのはドラキュラだったような気はするが……。
女　ドラキュラが弱いんだったらあいつもきっと弱いわ。
男2　メチャクチャな論理だが、宗教的な側面から敵を攻めようとするお前の姿勢が気に入った。採用しよう。
男4　できたぞ。
男3　ホント？
男1　結構簡単に作れるもんだな。
男4　だから昔重宝したんだよ、学生の間で。

男1　（男4から何気なく火炎ビンを取り上げて）昔の学生はこれを投げて社会を変えようとしてたのか……。
男4　おいおい、気をつけて扱えよ。
男1　火ィつけなきゃ大丈夫だろ？
男3　これさえあれば鬼に金棒ですね。
男1　まかせとけよ。これさえあればボクサァの一匹や二匹、ちょろいちょろい。
男3　シュッ。ドカーン！
男1　だははは。
男4　カトウ、もういいだろう。かえせよ、はやく。
男1　……。
男4　それ……。
男1　何？
男4　かえせって。
男1　なんで？
男4　なんでって……その火炎ビンはオレが作ったんじゃないか。
男1　でもこれ、オレの酒だもん。
男4　……おおお！
男2　何やってんだ、バカタレ。

男4　だってこいつオレの作った火炎ビンを……。
男2　他の武器を探せばいいじゃねえか。
男4　もうないもん。
男2　あるよ。人間は兇器に囲まれて生活してるんだ。探しゃいくらだって出てくるもんだ。探してみろって、まだあるから。
男4　あれじゃなきゃ嫌だ。
男2　……テメエ、本気で言ってるのか？
男4　だってそうじゃないか、あの火炎ビンは……。
女　何子供みたいなこと言ってるの。あいつがいつ襲ってくるかわからないこんな時に何考えてるのよ、もう……。
男4　なんでオレばっかり責めるんだ。あいつだって意地はってオレに火炎ビン返さないじゃないか。
女　そうよ、そうだけど、あの人から火炎ビンを取り戻すとなったら一日や二日じゃすまないってことぐらいあなたにだってわかるでしょ。
男4　……。
女　そんなことをしてる暇は今のあたしたちにはないのよ。火炎ビンの一本や二本でいがみあったってしょうがないでしょ。
男1　そうだそうだ。

女　カトウ君もカトウ君よ。仲間割れなんかしてる場合じゃないでしょう。

男1　……。

男2　さ、みんなボケッとしてないで他に何かないか探してみろよ。

男1　何を？

男2　武器だよ、武器。決まってるだろう。

男1　あ……ああ。でもめぼしい武器はもうだいたい……。

男2　しまってあるとかそういうことはないのか？

男1　しまってあるのは……。

男3　この箱何ですか？

男3、部屋の隅から箱を持って出てくる。

女　何が入ってるの？

男4　武器になりそうなものか？

男1　ええと……この箱は何の箱だっけな……。

男2　いいからはやくあけてみろよ。

男4、箱をあける。

中からスリッパが出てくる。

間。

男3 ……ぼくの兄さんは機動隊にいる。

男2 お前、お前がいてホントよかった。今はじめて気がついた。お前は実に頼りになる奴だ。

男3 ありがとうございます。

男4 ジュラルミンの盾だな。

男3 はい。

女 樫の警棒よね。

男3 はい。

男1 放水車だな。

男3 はい。催涙弾もあります。

全員、喜ぶ。

男2 さ、電話で兄さんを呼び出すんだ。

男3 は？　はあ……でも。

男2　でも何なんだ？
男3　時間も時間だし……急に呼び出すのも……寝てるだろうし。
男2　オレたちは死ぬか生きるかっていう極限の状況下にいるんだ。時間など関係ないっ！
男1　電話は外へ行かないとない……。
男2　なんと。
男1　はっ。（敬礼）自分の家は電話料金を滞納したため、電話が電話として本来持っているべき機能を果たせないのであります。
男2　……。
男1　よって電話をかける場合、外の公衆電話へ行かなければならないのですが、外へ出るためには殺人ボクサァの部屋の前を通過せねばならず危険がともなうことは必至であります。
男4　確かに危険です。たとえるなら地雷の埋まった荒野をさまよい歩くようなもの。
男2　たとえなくともよい。
男1　さらに、ミウラ二等兵は顔を洗う時〈エクボ洗顔フォーム〉を使う軟弱な大学生であります。
男2　そうか……連絡は不可能か。

間。

男3　ぼく……行ってきます。

男1　ミウラ……。

男4　ミウラ、見直したぞ。立派に使命を果たせよ。

男3　はい。

男2　私たちはいわば小さな国家だ。国のために頼む。国家の存亡は一身に君の行動にかかっておるのだ。

男3　国家の……祖国日本のためなら命など惜しくはありません。

男2　よく言った。よくぞ言い切った。私は君のことを誤解していたようだ。君がキューティクルがはげ落ちるのを気にしながら髪を洗うのを知った時、私は君を罵倒した。が、今君を罵倒したことを詫びる。君は立派な日本男子だった。

男3　は。（敬礼）カワハラ軍曹……自分は……自分は……。

男2　言わずともよい。お前の言いたいことは言わずともわかる。

男1・男4・女　すごい。

男2　親御さんに何か言い残すことはないか？

男3　は。……モンゴイカ美味《おい》しゅうございました……。

男2　ふむ。
男3　三日とろろ美味しゅうございました……。
男2　ふむ。
男3　しそめし、南ばんづけ美味しゅうございました……。
男2　わかった。必ず親御さんに伝える。
女　ミウラ君……。
男3　キョウコ……。

女、泣く。

男3　馬鹿。泣く奴があるか。必ず死ぬと決まったわけではない。……ぼくがいなくても立派に生きていくんだぞ。
女　私を捨てると言うの？
男3　そういう下世話な問題ではない。
女　誰のせいなの？
男3　いいか、よく聞け。これは一年生のアサダミユキちゃんのせいじゃないんだ。かと言ってバイト先で知りあったカタギリミスズちゃんのせいでもない。これは誰のせいでもない。いわばこれは状況の要請なんだ。

女　あなたなしに私は生きてゆけません。あなたなしに私は生きていく自信がありません。

男3　夏の湘南、軽井沢。二人で歩いた白樺林。木膚《きはだ》に刻んだ君の名に、ポッと頬染め目を伏せた。

冬の苗場《なえば》で初滑り。暖炉の向うは雪景色。滑ってころんだ君を見て、涙笑いのぼくだった。

秋の椿山《ちんざん》、螢狩り。浴衣《ゆかた》姿の君がいて、小さな石けんカタカタ鳴った。

春はあけぼののズワイガニ。三畳一間の小さな下宿。つつきあったも懐しい。

女　思い出にすがって生きるのは嫌です。

男3　わかってくれ。ぼくは自ら望んで祖国のために命を捧げるんだ。

女　嘘です。

男3　バカモノ！（女の頬を叩く）……嘘かもしれん。しかし、ぼくは行かねばならない。ぼくが行かなくて誰が日本を救えると言うのだ。さようなら……キョウコ。

男3、部屋から出ていこうとする。

女　待ってください。私はどうすればいいのですか。後に残された私はどうすればいいのですか。あなたは国のために死ぬと言う。ではあなたにとって私は何だったのですか。……私は女です。国がどうなろうとそんなことはどうでもいい。ただ愛するあなたを失いたくない……。

男3　わがままを言うんじゃない。

女　いいえ、言います。生まれてくる子供のためにも。

男3　……何？

女　三ケ月です。それでもあなたは私を置いて死ぬと言うのですか？　うっ……。

(ツワリらしい)

男3　……生まれてくる子供が大きくなったら教えてやれ。父さんは、お前の父さんは立派な人だったと。

女　あなた……。

男3　さらばだ。……それでは、ミウラ二等兵、出撃します！

男3、敬礼して勢いよく部屋を飛び出して行く。

女　行ってしまった……。

男4　奴のことは忘れるんだ。

女　……。

男2　ミウラ二等兵が帰ってくる前にバリケードを作る。

男1・男4　軍曹……。
女　それではあの人を見殺しにするのと同じではないですか。
男2　国の安全を守るには、一人くらいの人間の命は犠牲にせねばならぬ。
男1　し……しかし。
男2　黙れ！
女　私も行きます。
男4　キョウコ……。
女　私も出てゆきます。私もあの人といっしょに死なせてください。
男2　ならぬ。
女　私も国民の一人として戦う義務があります。
男2　そういう問題ではない。
女　ではなぜ？
男2　女は……女は種族保存のために外には出さぬ。
女　何ですって？
男2　種は大地なくして育ちはしない。
女　私、行きます。

男1、女を引き止める。

女　離してください。

男2　ならぬと言ったのがわからんのか！

女　女は愛ゆえに死してこそその生を全うできるものなのです。女にとって生きるとは愛することなのです。

男2　私には……このカワハラ軍曹には愛がないと言うのか。忠実な部下を失う私には愛する心がないと言うのか。

男1　軍曹……。

男2　私とてつらいのは同じだ。しかし私には君たちを守る義務がある。わかってくれ。

女　……。

男2　思えば、平和な時代の到来で生きるよすがを見失い、退役軍人としてうとまれ続けてはや四十年……。月日の経つのは早いものだ。

男4　君の気持ちもわかる。つらいのはいつも残されるものだ。でも希望を捨てちゃいけない。

女　……。

男4　戻ってくるかもしれないじゃないか。いや、きっと戻ってくる。そう信じて生きるんだ。さ、元気を出して。

女　わかりました。いつまでもメソメソしていても何にもなりません。私も国民の一人として従軍慰安婦として尽くします。

男4　よおし。その意気だ。

男1　そうだ。私たちに過去などない。あるのは現在と未来だけだ。前向きに歩こう。クヨクヨしないで前向きに歩こう。そして声を出して歌おう、シアワセの歌を。

幸せは　歩いてこない
だから　歩いてゆくんだね

他の三人も唱和しだす。

全員　一日一歩　三日で三歩
三歩進んで　二歩さがる
人生はワンツー・パンチ……。

この「パンチ」という歌詞がいけなかった。

全員　汗かき……ベソかき……歩……こう……よ……。

男2、負けじと士気を鼓舞する。

男2 あなたの　つけた足跡にゃ
きれいな花が　咲くでしょう
あ、それ！

全員 胸を張って　足を上げて
ワンツーワンツー……（やはりこの歌詞はよくない）休まないで…歩……け……。
（「三百六十五歩のマーチ」詞／星野哲郎）

間。

男2 わはははは……。次行こう、次。な。（マイクを持って）一番、カワハラ軍曹。
リンゴの歌。
赤いリンゴに　くちびるよせて
だまってみている　青い空
リンゴはなんにも　いわないけれど
リンゴの気持は　よくわかる……　（詞／サトウハチロウ）

男1　すごい！　わはははは……。二番、カワハラ軍曹。東京ブギウギ。
男2　東京ブギウギ　リズムうきうき
　心ずきずきわくわく
男1　軍曹、大変であります。
男2　ん……何だ、どうした？
男1　は。（敬礼）自分の家にある食糧のすべては、このポテトチップだけでありま
　す。
男2　……。
女　これだけ？　これだけしかないの？
男1　（うなずく）
女　お米は？
男1　（首を横に振る）
女　おみそは？
男1　（首を横に振る）
男4　いや、米やみそなどなくても水さえあれば……。

間。

女　が……餓死……。

男1・男4　軍曹……。

男2　とり乱すな。

男4　しかし、このまま戦いが長期戦にもつれこめば人間として最も悲惨な状況に追い込まれます。

男2　わかっている。私とて何も好き好んで人肉を口にしたいわけがなかろう。

女　人肉……。

間。

女　何？　カトウ君、なんであたしの足を見てるの？

男1　何？

女　嫌よ、絶対に嫌！

男2　落ち着かんか。

女　確かにこの中ではあたしが一番やわらかいかもしれないわ。でもだからってあたしは嫌よ、そんなの。いくら何でも野蛮じゃない。人間のすることじゃないわ。

男1　誰もお前を喰うなんて言ってない。

女　じゃあなんで変な目であたしの足を見てたの？

男1　見てやしない。食べもののことを考えてたんだ。

女　私の足を見て？

男1　何言ってるんだ。ちがうって言ってるだろう。

男2　落ち着け！　食糧の欠乏は単に我々にとって長期戦は不利だということにすぎん。

男4　ということは？

男2　こうなった以上早期決戦はまぬがれまい。

男1　するとこのまま決戦？

男2　うむ。

女　待ってください。いくら望みは薄いとはいえ、ミウラ二等兵が帰還する可能性もまだあります。お願いです。あと少し待ってみてください。

男2　（男1に）どのくらいある？

男1　は？

男2　公衆電話までどのくらいある？

男1　はあ……。

女　私のことはかまいません。正直に言ってください。

男1　……すぐ目の前にあります。

女　……。

男2　だとしたらいくら何でも遅すぎやしないか？

男4　恐れながら軍曹、人間あわてていると時に目の前にあるものも目に入らぬ場合があります。

男2　……。

男4　いえ、決して自分は臆病かぜにふかれてこんなことを言っているのではありません。ただひとつの可能性として……。

男2　見逃がしたと言うのか、目の前にある公衆電話を。

男4　断言はできません。しかし、もしそうだとしたら……。

男2　もしそうでなかったとしたらどうだ？　もしも奴が電話を見逃がさずに任務を遂行しているとしたら……もうとっくに帰ってきてもいいはずではないか？

女　小銭がないのかもしれません。

男4　そうです。そういう可能性もあります。十円玉がないということも……え？

男1　そうだ。なぜもっとはやく気がつかなかったんだ……。

女　何、何言ってるの？

男2　どうしたんだ、カトウ。

男1　は。自分は思い出したのであります。ミウラ二等兵に関する重大な事実を。

男2　何だ、はやく言わんか。

男1　奴は……ミウラ二等兵は十円玉を所持しておりません。
女　何ですって⁉
男1　このアパートへ向う際、ジュース類の自動販売機の前において「ミウラ、小銭あるか？」という自分の問いに対し、彼はポケットを探ったのちかく返答したのであります。すなわち「あ、小銭は五円玉一枚しかないや」……。
男4　そうだ。思い出した。確かに「五円玉しかない」とミウラ二等兵は言いました。自分もそれを聞きました。
男2　すると奴は、ミウラ二等兵は十円玉を持たずに電話をかけに行ったのか……。
女　あなた……。
男1　ということはミウラ二等兵はすでに……。
男4　殺人ボクサァの毒牙にかかって……。
女　ああっ。（泣き伏す）
男2　ボクサァはたぶんミウラ二等兵が受話器を取り上げてポケットの中を探り十円玉のないことに気づいた時、音もなく背後から忍び寄りコードで首を絞めて殺したんだ。
男1　何て奴だ。
男4　旦那さんはきっと薄れてゆく意識のその中で、あなたの笑顔を思い出していたことでしょう。

女　ボクサァは、夫の首をその牛のような怪力でしめあげ、ついには首をひきちぎってしまった殺人ボクサァは私が殺《や》ります。これは亡き夫の葬い合戦です。
男1　ひきちぎった首を近くにある小学校まで蹴って運び、サッカーゴールへ打ち込んだ殺人ボクサァを私は許せません。
男4　誰もいない深夜のサッカーゴールの片隅で、泥にまみれなす術なく虚空を見上げるミウラ二等兵の首にかけて、私もあいつが許せません。
女　憎いわ。あいつが憎い。
男1・男4　軍曹!
男2　しっ!　静かに。
男1　……。
男4　……。
女　……。
男1　聞こえる。足音が近づいてくる。
男4　来たのか、ついに。
女　亡き夫の敵《かたき》……。

各自、それぞれの武器を手に身構える。
ドアの取っ手が回る。開く。

男3がコカ・コーラを手に現われる。

男1　ミウラ……。

男3　兄さんに連絡をつけてきました。

男2　……。

男4　……。

女　……。

男3　……あ、これ買ってきました。みんなのどかわいたでしょ？　なかなか店が見つからなくて……結構歩いちゃいましたよ。あ、栓ぬきありますか？

男1　……。

男3　……何ですか？

男4　お前はもう死んだの。生きて帰ってきちゃいけないの。

男3　……？

女　あなた、なぜ？　なぜ生きて帰ってきたの？

男1　お前は殺人ボクサァの毒牙にかかり、電話のコードで首をひきちぎられて死んだんだ。

女　そしてあなたの首は宙を舞いながら、薄れてゆく意識のその中で私の笑顔を思ったの。

男1　ひきちぎられたお前の首は殺人ボクサァに蹴とばされて、小学校のサッカーゴールに打ち込まれてなきゃいけないんだ。

男4　誰もいない深夜のサッカーゴールの片隅で、泥にまみれなす術なく虚空を見上げているはずのお前の首がどうしてここにあるんだ？

男3　何を言ってるんですか？

男2　ミウラ二等兵……。

男3　は？

男2　殺されてはもらえまいか？

男3　……？

男2　我々のために殺されてはもらえまいか？

男3　どういうことでありますか？

男1　わからねえ奴だな。つまりだ、オレたちはお前が殺人ボクサァに惨殺されてこそあいつへの怒りをより純粋なものにできるんだ。

女　ついさっき「亡き夫の葬い合戦です！」って高揚してた私の身にもなってよ。

男4　お前が殺されてもらわないことには怒りをぶつけるべき対象が不鮮明になってしまうんだ。

男1　いっそのこと殺人ボクサァを叩き起こしてでも殺してもらってこい。

男3　そんな馬鹿な。

女　馬鹿なのは誰よ。
男2　まあ待て。要はだな、ミウラ二等兵が殺人ボクサァに殺されずとも、死んでくれればいいわけだ。
男1　恐れながら軍曹、それでは我々の怒りが殺人ボクサァにぶつけられません。
男2　最後まで聞け。つまりこういうことだ。ミウラ二等兵が再びこの部屋を出る。
男1・男4・女　再び出る。
男2　私がすぐにミウラ二等兵のあとを追いかける。
男1・男4・女　追いかける。
男2　ミウラ二等兵が殺人ボクサァの仕掛けたおとし穴に落ちる。
男1・男4・女　おとし穴に落ちる。
男2　私がミウラ二等兵を助けようと手をかす。
男1・男4・女　手をかす。
男2　スキをついて私がナイフでミウラ二等兵を刺し殺す。
男1・男4・女　軍曹がミウラ二等兵を刺し殺す。
男2　そして私は部屋に戻ってきてこう言う。「ミウラ二等兵はやはり殺人ボクサァに殺されていた……」
男1・男4・女　なるほど……。
男3　待ってくださいよ。先輩。

男2　先輩ではない。私は軍曹だ。
男3　軍曹じゃないですよ、先輩。
男1　貴様、軍曹に口答えする気か！

間。

男3　あああ。何か白けちゃったなあ。
男2　何だと？
男3　夜風にあたったせいか妙に醒めちゃって。
他の四人　……。
男3　まさか兄さんが機動隊にいるなんてハナシ、本気にしてないですよね？
他の四人　……。
男3　やだなあ、みんなそんな恐い顔して……。
他の四人　……。
男3　ホントにボクサァなんているんですか？　現にこれだけドタバタやってるのに誰も文句言ってくる人いないじゃないですか。あ、歌うたってたでしょ？　聞こえましたよ、外にいても。幸せは歩いてこない　だから歩いてゆくんだね……。（と歌う）

他の四人　……。

男3　わかった。わかりました。もうぼくは帰ってこなければいいんですね。わかりました。ボクサァに殺されてきます。それでいいんですね。

他の四人　……。

男3　それでは、ミウラ二等兵、出撃します。

男3、部屋を出ていく。
男2、ニヤリとして直後に部屋を出る。

男4　軍曹がミウラ二等兵の後を追いかける。

間。

男1　ミウラ二等兵が殺人ボクサァの仕掛けたおとし穴に落ちる。

間。

女　軍曹がミウラ二等兵を助けようと手をかす。

間。

男4　スキをついて軍曹がミウラ二等兵を刺し殺す。

「ギャー」という男3の叫び声。

男2、手に血まみれのナイフを持って帰ってくる。

男2　ミウラ二等兵はやはり殺人ボクサァに殺されていた……。

男1　やっぱり。

男4　何てことだ……。

女　ああ……あなた……。（泣き伏す）

男2　これを見ろ……。（ポケットから男3の耳を出す）

男1　ミ……ミウラ……。

女　……。

男4　なんてことだ……ひどい、ひどすぎる。

男2　私は見た。奴の殺人ボクサァの姿を……。

男1　どんな男でしたか？

男2　身の丈六尺はある大男だった。
男1　やっぱり……。
男2　しかも片眼には海賊がつけるような眼帯をしていた。
男1　いつの間に眼帯をするようになったんだ……。
男2　さらに坊主頭だった。
男1　いつの間に髪の毛が抜けたんだ……。
男4　で、勝ちめは？
男2　……。
男1・男4・女　軍曹！
男2　ないかもしれん。しかし私たちには誇り高き日本民族の血が流れている。いざとなれば突風吹き荒れ……。
男1　しかし奴も我々と同じ日本人では？
男2　いや、奴の眼は青かった……。
男1　いつの間に外国人になったんだ……。
男4　悲しんではかりはいられません。たとえ勝ちめはなくてもミウラ二等兵の敵を……。
男2　しっ！

ゆっくりと不敵な足音が近づいてくる。
四人、武器を手にドアのまわりににじり寄る。
取っ手が回る。開く。
ドアの外からまばゆいばかりの光。
にわかに歓声が高まり、試合開始のゴングが高らかに鳴り渡る。

上演記録

――『ある日、ぼくらは夢の中で出会う』――

初演		再演
1983年9月2日～7日 池袋シアター・グリーン		1984年10月28日～11月5日 池袋シアター・グリーン

《キャスト》

川原和久	男1	川原和久
加藤忠可	男2	加藤忠可
山本満太	男3	山本満太
三浦　勉	男4	三浦　勉

《スタッフ》

高橋いさを	作・演出	高橋いさを
玉置いづみ 佐藤公穂	照　明	玉置いづみ 佐藤公穂
小島雅子 渡辺美穂子	音　響	小島雅子 渡辺美穂子
栗原裕孝 根元緑子	美　術	根元緑子 埋橋真理
片山京子	衣　裳	片山京子
狩野明彦	小道具	木村ふみひで
鍋割亮虎	舞台監督	鍋割亮虎
島田敦子 鍋割亮虎	制　作	島田敦子 狩野明彦

――『ボクサァ』――

初演		再演
1984年3月13日～18日 池袋シアター・グリーン		1985年6月18日～22日 池袋シアター・グリーン 1985年6月13日～14日 大阪オレンジ・ルーム

《キャスト》

加藤忠可	男1	加藤忠可
川原和久	男2	川原和久
三浦　勉	男3	三浦　勉
木村ふみひで	男4	山本満太
片山京子	女	渡辺美穂子

《スタッフ》

高橋いさを	作・演出	高橋いさを
佐藤公穂	照　明	佐藤公穂
小島雅子 渡辺美穂子	音　響	細山　毅
栗原裕孝 根元緑子	美　術	広瀬緑子 埋橋真理
臼井千加子	衣　裳	野村加代 速見千加子
	舞台スタッフ	石橋　祐 木村ふみひで 山川美奈
鍋割亮虎	舞台監督	鍋割亮虎
島田敦子 長田聖一郎 狩野明彦	制　作	島田敦子 狩野明彦

あとがきに代えて

　劇団ショーマもおかげさまで創立五周年を迎えます。長いような短いような五年間ではありましたが、何とかここまでやってきました。有形無形の御支援にこの場をかりて心から感謝の意を表します。

「今年も海に行けなかった……」とボヤいていた昔が懐しく、最近は「海って何？」と根本的な疑問さえ持つようになったのですから、ぼくらもいよいよホンモノです。

　しかも、ぼくの戯曲集を出してくれるという心やさしい出版社があるのですから、海がいったい何だったのかわからなくなってもぼくは平気です。

「フツーの生活」に背を向けたぼくらの辿る運命を、憧憬《あこがれ》と生贄《いけにえ》の対象として、今後も暖かくなおかつサディスティックに見守り続けていただけるなら、こんなにうれしいことはありません。

　とても「ふり返る」ような立派な過去は持っていないのですが、この本を買ってくださった方のためにサービス精神を発揮して、劇団ショーマの五年間をザッとふり返ってみようと思います。

★'82・10　第一回公演『み・ら・あ』　於／早稲田小劇場池袋アトリエ

旗挙げ公演です。

「演劇界に革命が起こった！」と言われるはずの公演でした。処女作はどこの劇団でも幻の名作と相場が決まっています。

★'83・5　第二回公演『ゴッドファーザー』　於／東長崎・索行社工房

大学（日大芸術学部）の近くの風呂屋を改造して作った五十人も入れば満員の小さなスペースでの公演でした。

フランシス・フォード・コッポラの映画とは何の関係もありません。これは、つかこうへいの『戦争で死ねなかったお父さんのために』に触発されて書いた作品で、トイレット・ペーパーの欠乏やチクロ（これはもう死語ですね）の恐怖を苦しい思い出として語る平和な時代の父親たちを描いた悲喜劇でした。

★'83・9　第三回公演『ある日、ぼくらは夢の中で出会う』　於／池袋シアター・グリーン

シアター・グリーンが毎年やっているフェスティバルに参加した公演です。

男優が四人しかいないというお家事情から生まれた作品ですが、これを書いてはじめてデタラメの楽しさを知った気がします。

この時から、演劇はテーマから生まれるのではなく、そこにいる役者から生まれるのだ――と思うようになりました。

★'84・3　第四回公演『ボクサァ』／『The Lover』　於／池袋シアター・グリーン

「部屋をめぐっての一幕劇を連続上演」と題して二本立てで上演しました。

『The Lover』は邦題を『恋人』というハロルド・ピンターの作品で、他人の作品を演出したのは後にも先にもこれ一本です。

『ボクサァ』の劇中、ポテトチップを食べるのですが、毎日同じポテトチップだと飽きるらしく、役者たちはこの公演の稽古、本番を通してありとあらゆる種類のポテトチップを食べつくしました。

★'84・7　第五回公演『パズラー』　於／池袋シアター・グリーン

銀行員たちが「強盗襲撃リハーサル」をくり返すというハナシです。この時から言葉ではなく風景が語ってこそ演劇だ——と思うようになりました。

千秋楽の公演中、支店長役の山本満太が登場してすぐにカウンターに鼻ッ柱をしこたまぶつけ、ひやひやして舞台を見守りましたが、無事幕をおろし、終演後、みんなで大笑いしました。

★'84・11　第六回公演『ある日、ぼくらは夢の中で出会う』　於／池袋シアター・グリーン

再演です。この戯曲集に載っているのは、ほぼこの時の上演台本です。

これまた『ボクサァ』のポテトチップ同様、稽古、本番を通して役者たちはかなりの量のカップヌードルをこなしました。

★'85・7　第七回公演『アクアヴィットに酔いしれて…』　於／新宿タイニイ・アリス

ずっと現代劇（?）を演《や》ってましたから、このへんでガラリと趣向を変え時代劇をやっ

てみよう！　と思ったのが運のツキでした。

忠臣蔵のパロディをやろうとして、忠臣蔵そのものになってしまい困りました。が、この作品はいつか再生させてみせます。

アリス・フェスティバル'85参加作品。

★'85・11　第八回公演『ボクサア』　於／池袋シアター・グリーン

前回公演の不評をのりこえるべくとり組んだものの、出演中の俳優の一人が交通事故に遭い、やむなく途中で公演中止にしました。ぼくらはこの公演を「泣きっ顔《つら》に蜂公演」と呼んでいます。

よっぽど倒れた俳優に代わってぼくが舞台に立とうと思いましたが、まわりのスタッフの誰一人としてそういう発想をしてくれなかったので言い出せずじまいでした。

★'86・4　第九回公演『WHODUNIT（フーダニット）』　於／下北沢ザ・スズナリ

はじめて下北沢のスズナリに登場です。

クリスティの『ねずみとり』やA・シェーファーの『探偵・スルース』、A・レヴィンの『死の罠』等、熱烈な推理劇ファンでしたので、はじめて推理劇にチャレンジしました。

雪に閉ざされた山荘を舞台にしたミステリィです。舞台装置はすばらしく凝ったもので、殺人が起きても何の不思議もない重量感のあるものでしたが、セットがいい分、芝居がやせてしまった公演だと思っています。

★'86・6　特別公演『ボクサァ』　於／大阪オレンジ・ルーム　池袋シアター・グリーン

初めて大阪で公演しました。旅公演というのがこんなに楽しいものだとは知りませんでした。

この作品は、ぼくがかつて住んでいたアパートで起きた実話に基づいて書いたもので、この劇の素材を提供してくれたぼくの部屋の下に住むボクサァ（?）に、一度この芝居を見てほしかった……と今でも招待券を贈らなかったことを後悔しています。

★'86・11　第十回公演『けれどスクリーンいっぱいの星』　於／下北沢・駅前劇場

ここ数回、演劇性の追及の余り一幕劇に行きつかざるを得なかった自分の作劇方法に飽きて、何か時間や空間を自由にとばせるような芝居がやりたくて作りました。

内容は、サラリーマン、アパート管理人などごくフツーの人々が、「アナザー」と名乗るもうひとりの自分との戦いを通して、ドラマチックに変身していく姿を二人一役という趣向で演じました。

★'87・3　小宮孝泰＋劇団ショーマ公演『パズラー』

於／下北沢ザ・スズナリ

コント赤信号の小宮孝泰、室井滋らとの共演でした。打ちあげのノリのよさは、さすが芸能人とただただ感嘆しました。

★'87・8　第十一回公演『ウォルター・ミティにさよなら』

於／新宿シアター・トップス

初めてTHEATER／TOPSで公演しました。勤め人、刑事、サイボーグという三人の主人公が、それぞれの物語を主張しあい主人公の座を争う——という内容で、娯楽性たっぷりの活劇でした。

★'87・11　第十二回公演『アメリカの夜』

於／新宿シアター・トップス

執筆中です。『けれど…』と『ウォルター・ミティ…』とこの作品が、ぼくらの新しい代表作になるはずです。

と、劇団ショーマの五年間を簡単にふり返ってみました。が、ぼくらのシュンはこれからです。

劇団ショーマの俳優たちの具体性を母に、ぼくの観念の抽象性を父に生まれたこれらの果実は、まだ青く固いとは思いますが、これから書かれ演じられるであろう作品を通してより実りの多い果実として結ばれることを期待しています。

まだ見ぬあなたと夢の中で出会えれば、こんなにうれしいことはありません。

最後に、「高橋さんの作品を本にしてみましょう」と無謀な提案をし、それをこういう形で実現させてしまった論創社の泉田照雄氏の勇気ある実行力に感謝します。

一九八七年九月七日

二十六歳の誕生日に――

高橋いさを

高橋いさを（たかはし・いさを）
1961年、東京生まれ。劇作家・演出家。
日本大学芸術学部演劇学科在学中に「劇団ショーマ」を結成して活動を始める。2018年に「ISAWO BOOKSTORE」を立ち上げて活動中。著書に『バンク・バン・レッスン』『極楽トンボの終わらない明日』『八月のシャハラザード』『父との夏』『モナリザの左目』『I-note 演技と劇作の実践ノート』『映画が教えてくれた』（すべて論創社）など。

※上演に関する問い合わせ：
〈高橋いさをの徒然草〉（ameblo.jp/isawo-t1307/）に記載している委託先に連絡の上、上演許可を申請してください。

ある日、ぼくらは夢の中で出会う

1987年12月10日　初版第1刷発行
2019年12月10日　初版第5刷発行

著　者　高橋いさを
発行者　森下紀夫
発行所　論 創 社
東京都千代田区神田神保町 2-23　北井ビル
tel. 03（3264）5254　fax. 03（3264）5232　web. http://www.ronso.co.jp/
振替口座　00160-1-155266
装幀／栗原裕孝
印刷・製本／中央精版印刷　組版／フレックスアート
ISBN978-4-8460-1874-0